LA CASITA AZUL

LA CASITA AZUL

SANDRA COMINO

LIBROS TIGRILLO
GROUNDWOOD BOOKS
TORONTO VANCOUVER BERKELEY

Groundwood Books / Douglas & McIntyre
720 Bathurst Street, Suite 500, Toronto, Ontario
Distribuido en los Estados Unidos por Publishers Group West
1700 Fourth Street, Berkeley, CA 94710

National Library of Canada Cataloging in Publication
Comino, Sandra
La casita azul / texto de Sandra Comino.
ISBN 0-88899-504-0 (bound).–ISBN 0-88899-540-7 (pbk.)
I. Title.
PZ73.C64Ca 2003   j863'.7   C2003-901843-1

Impreso y encuadernado en Canadá

Desafortunadamente no se pudieron localizar los dueños de los
derechos de autor de algunos poemas; los editores agradecerán toda
información pertinente para tramitar la cesión de éstos en
ediciones futuras.

A Cati, Marti, Gisela y Camila.
A Agustín y Franco.
También a Paloma y María.

CONTENIDO

LA CASITA AZUL

Sábado por la noche. Todo el pueblo se preparaba para escuchar el cuento de la radio. Llevaba esa costumbre algunos años; al principio provocaba extrañeza, luego la gente se acostumbró.

La voz era siempre la misma y el tema de los relatos también. Todos, absolutamente todos, se reunían alrededor de la radio y en la calle sucedía lo mismo y a la misma hora.

El alumbrado de la esquina era tenue. Una persona llegaba con un pañuelo en la cabeza atado debajo del mentón y un sobretodo largo. Esa persona abría la puerta, se introducía en una pequeña habitación, la cerraba y sin sacarse el pañuelo ni el sobretodo, de inmediato dejaba escapar su voz que entraba en todos los hogares.

LEYENDA 1

Hace muchos años, más de los que tiene el pueblo, en una gran zona desierta donde la noche prometía ser limpia y despejada y el pasto dormía quieto sin una gota de viento, un ejército de hombres arrasaba con un grupo de aborígenes. La primavera refrescaba el aire por las noches como si fuera otoño, la gramilla seducía al rocío hasta la mañana y cuando el sol llegaba, lo bebía entero.

Ailín vivía feliz en su toldería. Sus padres no podían sentirse como ella porque soñaban con una vida al aire libre sin huincas cerca que los persiguieran, y deseaban una tranquilidad que temían no conseguir. No podían permanecer mucho tiempo en un mismo lugar, porque los blancos los corrían. Aloe, el padre de Ailín, y Alma, su madre, proyectaron en su niña todos sus sueños. Esperaban que un aborigen de la misma aldea, cuando llegara la hora, la buscara para formar una familia; esperaban además una buena dote que Ailín como prometida valía.

La joven, por su parte, no deseaba ninguna dote ni casarse, y soñaba tan sólo con vivir libremente. Pero a todas las muchachitas como ella, les enseñaban a aceptar su destino, sin protestar. Una sola vez una nativa había sido raptada por un blanco y nunca más la vieron.

Ella no quería pertenecer a un hombre, deseaba ser como las liebres, las palomas y de algo estaba segura: escaparía al fin del mundo cuando le cantara al oído un enamorado, ya que esa era la manera que tenían los hombres de su aldea para declarar su amor.

Una noche de luna llena, en el medio de la toldería unos huincas armados hasta los dientes quemaron chozas, raptaron a mujeres y mataron a los que se les cruzaron en el camino. Aloe y su familia y otros pocos salieron despavoridos rumbo a otros lugares desconocidos.

Eso era ser aborigen en las tierras usurpadas por blancos.

Ailín junto a su papá y su mamá escapó en busca de un lugar donde se sintieran dueños del suelo, del aire, de su choza —aunque ese lugar no existía—.

Y caminaron y caminaron hasta que creyeron encontrarlo.

UN DOMINGO
DE INVIERNO

Eran las nueve de la mañana del domingo. El invierno ingresaba a un pueblo casi olvidado, como todos los 21 de junio: sin demora ni titubeos. El pueblo llamado Azul recibía gustoso el frío sin oponerse a las reglas de la naturaleza. Al mismo tiempo que el viento abrazaba las calles brutalmente, salía por el acceso principal un colectivo naranja conducido por una mujer.

A esa misma hora, Cintia salió para hacer su habitual y efímera salida. Bicicleta, gorro y mochila en mano, dio una vueltita por la calle de tierra; tuvo cuidado que nadie la viera –cosa difícil en una comunidad chica–, y tomó el camino paralelo a las vías, rumbo a la laguna que bordeaba la casa abandonada. Éste era su paseo más secreto y más esperado: ir a la casa abandonada que, como todas las casas abandonadas del mundo, tenía una larga historia.

Cintia realizaba escapadas fugaces a ese sitio muy a menudo para explorarlo y porque se sentía bien visitándolo. Desde muy chica había escuchado la historia de las personas que habían vivido allí, y como Cintia era curiosa sentía una atracción especial por aquel lugar. Ella paseaba por el monte, cortaba ramitas, espiaba por las ventanas, pero nunca consiguió entrar en la casa.

Cintia llegó en bicicleta a la zona prohibida. Cruzó el patio, dejó la bici detrás de la bomba, que sólo sacaba agua si se bombeaba más de veinte minutos, y observó todos los puntos cardinales. Luego convidó con miguitas de pan a las palomas que se acercaron a recibirla, corrió a los perros que se fueron a la laguna asustando a los flamencos y espantó a los teros que venían a gritarle al oído. Se acercó a la laguna. Caminó primero por la orilla donde estaban los sauces llorones y luego por la ribera hasta que decidió avanzar. El agua le llegaba a los tobillos y la sintió helada a pesar de sus botas rojas. La laguna era bastante playa hasta la piedra grande que parecía una islita en la laguna. Caminó hacia ella, no muy lejos de la orilla. Cintia subió a la piedra, se estiró bien, apoyó los codos y giró su vista hacia el lado del pueblo y sus montes. El de su casa tenía palos borrachos y en marzo se ponía rosa. El de la casa de su mejor amigo, estaba cercado por aromos y en agosto se teñía de amarillo. El de la casa abandonada tenía jacarandáes y en noviembre se teñía de celeste. Los montes todavía estaban sin florecer.

Cintia se acostó sobre la piedra y sintió cómo la brisa arrastraba el silencio, un silencio que sólo rompían los teros, las ranas y algunos grillos perdidos. De golpe, se sobresaltó. Una bandada de pájaros salió del palomar hacia el cielo y tembló la tierra. Se sentó, miró hacia todos lados, no vio a nadie. No quedó muy tranquila porque ella sabía que cuando los pájaros salían volando en conjunto y asustados, era porque percibían la presencia de alguien. No tenía miedo; pero si el intendente la encontraba en esas tierras vedadas no iba a ser fácil justificar el motivo de su visita. Volvió a observar a su alrededor para asegurarse de que estaba sola. Se sacó las botas, escurrió el agua y las dejó sobre la piedra para que se secaran al sol.

Del palomar salían más y más palomas. Miró la casa, la bomba, la mecedora, los portillos... y nada. Se acostó y cerró los ojos. Luego pensó: "Tanto tiempo visitando este sitio, ya es hora de ignorar ruidos imaginarios."

Se quedó quieta, así de nuevo el silencio se le hacía más suyo. Desde allí veía el cielo imponente. Las nubes pasaban, daban vueltas y seguían hacia otros pueblos. Pasaron unos minutos, tal vez varios minutos. Cerró los ojos. Se quedó dormida. Siempre se adormecía en la piedra porque dormía poco por las noches debido a su apuro por terminar las novelas que le prestaba don Simón. Sintió que algo le hacía cosquillas en la nariz. En un segundo estuvo sentada.

—Un bicho —gritó.

Pero no era un bicho. Alguien le estaba haciendo cosquillas con una ramita de jacarandá.

—Sabía que estabas acá. ¿Te asusté?

—Para nada —dijo Cintia, pero bajó de la piedra y caminó apurada mojándose los pantalones por la brusquedad de sus pasos.

Era Bruno, que inmediatamente supo que ella se había asustado aunque jamás lo admitiera. Bruno tenía una honda y venía al palomar a cazar pajaritos. Los dos estaban en séptimo grado y eran amigos desde el jardín de infantes. Ambos compartían el gusto por aquella casa abandonada de las afueras del pueblo. Conocían la leyenda porque era muy contada en la zona y también sabían del miedo que todos les tenían a esas tierras prohibidas. Pero ¿a quién no le gusta averiguar cosas de aquello que es clandestino? Para ellos el encanto sería ver la casa por dentro y eso no le había ocurrido a nadie en el pueblo, al menos que ellos supieran.

Llegaron a la orilla.

La casa abandonada conservaba en su interior un gran secreto, eso era obvio; pero además le ocurría algo maravilloso, algo que nadie en el pueblo conseguía explicar pero que todos esperaban. Ese acontecimiento tan esperado ocurría todos los 28 de noviembre, cuando todos despertaban e iban a comprobarlo, sin desayunar, a ese lugar.

El gran misterio fue creciendo con los años.

Bruno y Cintia estaban escurriéndose las medias cuando el ruido de los pájaros y los perros les delató que un auto entraba por el camino de jacarandáes. Cada uno agarró las botas que se había sacado para volcar el agua y volvieron al lago descalzos. Se quedaron atrás de la piedra agachados con medio cuerpo bajo el agua helada. Cintia temblaba de frío. Bruno le pasó un brazo sobre los hombros. Ella tembló más. Le encantaba que la abrazara y le pareció que algo le recorría el estómago. Bruno respiraba muy cerquita de ella. Cintia tenía miedo que se le escucharan los latidos del corazón.

—Quieta —dijo él; todo sucedía como en las novelas de amor que leía Cintia cuando se las prestaba don Simón. De pronto, él la soltó, un segundo nada más, porque con sus manos apoyó la honda en el hombro y acomodó las botas que sostenía; luego volvió a abrazarla. A ella le seguía cabalgando el corazón.

El auto negro avanzó por el camino. Los forasteros descendieron vestidos de negro también. Se acercaron a la casa pero no entraron, tampoco abrieron sus puertas; sólo conversaron y espiaron hacia adentro por la rendija de la cerradura.

Diez minutos más tarde colgaron un cartel de chapa en el portillo con una frase que ni Bruno ni Cintia pudieron descifrar. Finalmente, subieron al auto y salieron. En la tranquera del camino, colocaron otro cartel; luego desaparecieron.

Bruno y Cintia se pararon para salir de la laguna. Él llevaba la honda al hombro sosteniéndola con una mano. En la otra mano, los dos pares de botas. La honda era, según Cintia, el único defecto que tenía su amigo. "De no haber sido por esa manía de cazar animales todo hubiera sido perfecto", pensó por milésima vez.

Se acercaron al cartel y los dos leyeron al unísono: −"SE VENDE".

−Se vende, ¡no puede ser!

Se miraron.

−Ahora, más que nunca, tenemos que entrar.

−No podemos. Son casi las diez, tengo que ir a cambiarme para ir a la estación a buscar los diarios. La abuela me espera para almorzar −dijo Cintia poniéndose las botas sobre las medias mojadas.

−Tenés razón, no podemos quedarnos más tiempo. Pero me parece que esperar hasta el otro domingo es mucho. ¿Y si volvemos esta tarde? −preguntó Bruno al mismo tiempo que ayudaba a su amiga a subir a la bicicleta.

–¿Será peligroso?

Bruno pensó unos segundos. Después dijo:

–Si venimos antes de que llegue la señora del intendente, no es peligroso. Sabemos que todos duermen la siesta los domingos.

Ambos tenían los pantalones mojados. Salieron por el camino de pasto que iba desde la casa hasta la tranquera que ahora tenía el cartel "SE VENDE" y luego tomaron el de tierra hacia el pueblo.

Estaban muertos de frío.

El aire del invierno quería secarlos pero el costo era tener más frío. Cintia se adelantó y luego desapareció al cruzar las vías. Bruno detuvo su marcha y se recostó a pensar a la orilla del camino.

VISITAS

El colectivo llevaba todos los domingos del año a algunas personas de excursión al cementerio, que quedaba al costado de la ruta que conducía a la ciudad, a unos diez kilómetros del poblado. La mujer que manejaba era la esposa del intendente, la encargada de explotar el sector turístico del pueblo.

Como siempre ocurre en estas localidades, la gente no está muy conforme con las decisiones que toman los intendentes; pero también, como en todos los pueblos, es difícil contradecirlos porque donde el que manda se enriquece y, posteriormente, con el dinero obtenido adquiere más poder, no es fácil rebelarse. Siempre en los pueblos chicos hay quienes dominan injustamente. Pero también están algunos que se resisten.

Los chicos del pueblo, de la misma manera como lo hacía Cintia, visitaban a escondidas la casa abandonada, deseosos por conocer detalles acerca de ese lugar; y esto ponía de muy mal humor al intendente, que no dudaba en cobrar multas a las familias que dejaban que sus hijos ingresaran en ese territorio que él había hecho suyo. Para Cintia, en el caso de ser sorprendida, el problema era peor porque el intendente era amigo de su padre y esto, lejos de traerle algún beneficio, la perjudicaba. Si su padre se enteraba que ella entraba al lugar prohibido y por lo tanto desobedecía al intendente, sin duda, las cosas se complicaban.

Esto de resguardar el lugar clandestino tenía un motivo bastante valedero para el señor intendente, don Eduardo Ruverino, y era que todas las tardes de todos los domingos, la señora Hilda Ruverino, a las seis en punto, después de dormir la siesta, guiaba a los curiosos interesados en conocer por fuera la residencia y les relataba partes de la leyenda, para que al menos algunos se retiraran intrigados. No había dudas de que el sitio era explotado por el mandamás como si fuera patrimonio del pueblo. Nadie sabía quién era el verdadero dueño aunque conocieran la leyenda de sus antepasados.

Después de la visita guiada, desde la oficina de turismo la propia señora del intendente aconsejaba a los visitantes un pronto regreso y prometía para un futuro no muy lejano incluir un paseo por el interior de la casa. Claro que nunca se cumplía esta promesa.

Don Eduardo tenía una posada al lado de la estación de tren. Los domingos, la gente que llegaba desde otros pueblos se instalaba allí y almorzaba antes de ser conducida a la casa abandonada. Pero la historia de la casa abandonada no era la única explotación del mandamás, sino que don Eduardo también sacaba réditos de la excursión al cementerio ya que ponía a disposición de los habitantes el colectivo naranja y la voluntad de su esposa, pero les cobraba un peso por el viaje. Y como quién más quién menos todos tenían un muerto en la familia, los domingos el micro salía repleto y había que anotarse en una lista, durante la semana, para poder viajar. En épocas de fiestas de guardar, los viajes se multiplicaban.

Las visitas a la casa abandonada también se duplicaban en noviembre o en las vacaciones de invierno. Las promesas de develar su interior quedaban sugeridas en los visitantes y por eso la mayoría decidía volver.

Y como si los misterios fueran pocos, alrededor de la casa abandonada había un hecho que todos esperaban y tampoco nadie conseguía explicarse por qué sucedía así. Como las cosas que no tienen explicación atraen a la multitud, no fue difícil darle al pueblo de Azul una identidad que en los alrededores nadie desconocía aunque fuera un lugar olvidado para las grandes ciudades.

Ese hecho tan misterioso y casi mágico que año a año venía repitiéndose estaba muy bien contemplado por el matrimonio Ruverino y ellos se encargaban de difundirlo. El suceso tenía intrigados a Cintia y a Bruno y también a los demás habitantes de Azul. Y eso que sucedía todos los 28 de noviembre desde que los más ancianos recuerdan era muy rentable para la gobernación.

Por eso noviembre, además de generar dinero con el día de los muertos (se hacían muchos viajes al cementerio), también era rentable porque de todos los pueblos vecinos venían a la fiesta que se hacía en Azul. La fiesta era para celebrar el misterio. El misterio era que ese día exactamente, como si se tratara de un cambio designado por la naturaleza, la casa abandonada —esa casa que tenía sus puertas cerradas desde hacía añales—, de golpe y de una día para otro sufría un cambio; y así como quien cambia de color de piel cuando se expone al sol mucho tiempo, la casa a la luz de la luna cambiaba su tinta. La casa de paredes blancas, abandonada y misteriosa, se teñía de azul.

Cada 27 de noviembre, ellos concurrían a la fiesta que se daba en vísperas del cambio del color de la casa, que pasaba de ser blanca a estar azul. Nadie en el pueblo pudo presenciar el momento justo del cambio de color. Era un misterio en qué momento sucedía ese pasaje del color blanco al color azul y viceversa. Todos sabían que el azul sólo duraba un día en las paredes de la casa. La Fiesta del Jacarandá era una fiesta que empezaba desde la mañana con misa, procesión de la Virgen del Rosario y baile donde elegían reina y princesas e invitaban a reinas de otros pueblos.

Pero lo más importante era lo que sucedía después. A la madrugada del día siguiente, mientras el pueblo dormía agotado después de un día de fiesta, la casita abandonada se ponía azul. Ése fue el motivo por el cual el resto del año, aunque la casa volviera a estar blanca, todos la llamaban "la casita azul".

EN EL ANDÉN

Domingo, casi mediodía: el colectivo naranja regresaba de la excursión al cementerio. Cintia y Bruno se habían cambiado de ropa. Cintia escondió las prendas mojadas en el fondo del canasto de la ropa sucia para no dar explicaciones. El tren llegaba al pueblo de Azul y todos se concentraron en el andén. El silbato anunció las once y media. Bruno tocó el timbre de su bicicleta para que Cintia saliera de su casa con la suya. Se apuraron. El tren era una especie de cita obligada. Los chicos jugaban en el corredor de la estación, las señoras caminaban por la plataforma de la vía, los hombres hablaban de fútbol también en el andén.

La máquina se acercaba echando humo, el ruido imponente espantaba a los perros y a las gallinas que andaban sobre los rieles, y todos se detenían a observar a los viajeros que al mismo tiempo y con el mismo asombro reparaban en los lugareños.

Algunos pasajeros descendían y se iban a la posada del intendente para almorzar y a la tarde hacer la excursión a la casa abandonada. Otros seguían hacia diferentes destinos. Los visitantes tenían una sola posibilidad de regreso, el tren de las once de la noche. Eran los únicos horarios de trenes del pueblo desde que el nuevo presidente del país había decidido recortar gastos. La gente que no tenía auto no podía ir a la ciudad más que un domingo.

Ese acontecimiento producía otro: la llegada de las noticias con el único diario que venía a Azul en toda la semana.

Cintia se acercó a Manolito, el encargado del quiosco. Le pidió dos ejemplares, uno para la abuela y otro para su padre, pero sólo vendía uno por persona. Tuvo que hacer la cola dos veces. Luego Bruno compró uno para su madre. Y así los dos, muertos de risa, salieron en bicicleta por la calle principal desafiando una carrera para ver quién llegaba primero hasta la casa de Cintia.

La mañana se embutió de lleno en el mediodía pueblerino donde no faltaba la música dominguera, que salía por los amplificadores de la camioneta del intendente. Las cumbias resonaban provocando una alegría momentánea en los habitantes.

El colectivo naranja entraba en el galpón de la municipalidad. La gente se iba a leer el diario a sus casas.

La música que ofrecían los altoparlantes de la camioneta del intendente sólo quedó de fondo cuando una voz dijo:

—Señores y señoras del pueblo de Azul. Visitantes y vecinos: como todos los domingos los esperamos para realizar la excursión a la casita azul, sólo por un peso. Sea puntual: a las 18 horas el colectivo naranja parte desde el galpón municipal. No se pierda la gran novedad.

Bruno y Cintia se alejaron por la calle de la plaza corriendo una carrera, mientras el tren proyectaba su retirada.

El sol vino a calentar al menos un poco las bocanadas de aire frío que desparramaba el invierno. Los tilos de la plaza estaban desnudos y los juegos tan solitarios como la casa abandonada.

El único local que estaba abierto era la librería de don Simón, que prestaba libros y dejaba al alcance de quien lo deseaba el diario que él había comprado, después de leerlo, claro.

El olor a tuco salía de las casas mientras las viejas amasaban tallarines. En la posada, el menú también era tallarines con tuco.

ÉL

El silbato del tren, que se iba, se hizo insoportable. Cintia, con un diario en el portaequipaje y otro en la mano, estacionó en la puerta de su casa. Bruno la esperó. Bruno, a pesar de ser muy amigo de Cintia, no había entrado muchas veces a la casa de su amiga. Al padre no le gustaba que su hija tuviera amigos. Era un hombre solitario, de mirada penetrante. Su presencia inspiraba inquietud. No se podía contradecir su pensamiento y no era ningún secreto que se enojaba muy seguido, especialmente con su hija. Ella saludó a su papá, que estaba en la vereda, y éste le dijo con voz de enojado:

—Cintia, no te alejes de casa; cuando María vuelva de misa almorzamos.

—Me espera la abuela a comer y además le tengo que llevar el diario.

—Te dije que vamos a esperarte para comer, dejale el diario y volvé a casa pronto, no tardes, ya sabés que no me gusta que estés en la calle al mediodía y decile a tu abuela que no te espere más para comer —ordenó el papá.

Pero Cintia no lo escuchó. Salió pedaleando en contra del viento que se empeñaba en retrasarla. Bruno la seguía sin hablar. Descubrir que la casita se vendía los dejó muy preocupados. Mil ideas se les cruzaban a los dos por sus cabezas. Aquel alejado refugio había sido escenario de muchos encuentros. Solían ir a leer sobre la piedra de la laguna, se contaban los secretos más divertidos y tantas veces espiaron por los agujeros de la cerradura...

En el trayecto Bruno dijo:

—Te acompaño hasta la casa de tu abuela y me voy a comer, mi mamá me espera.

Cintia observó cómo su amigo, de golpe, frenó la bicicleta con el pie derecho y dejó un surco en la calle de tierra. Sacó la honda que tenía en el bolsillo de atrás del pantalón, buscó una piedrita en la calle, la colocó en la gomera y apuntó hacia el poste que tenía enfrente. Ella siguió los movimientos que realizaba su amigo sin poder decir una palabra. Inmediatamente ante los ojos de la niña, un gorrioncito cayó en el medio de la zanja. Bruno corrió a buscarlo y mientras lo acomodó en el canasto de la bicicleta, dijo:

—Sigamos.

Cuando Cintia reaccionó, le gritó:

—Sos un desalmado, siempre arruinás todo —y lo dejó plantado como acostumbraba en esas circunstancias.

Bruno hacía siempre lo mismo: en cuanto alguien se descuidaba, cazaba pajaritos. Más tarde los desplumaba y la mamá cocinaba polenta con pajaritos. Cintia no podía querer tanto a un ser tan despiadado. Aquello que Cintia no sabía era que Bruno había usado la honda para que ella no se impresionara.

"¿Quién entiende a las mujeres?", pensó Bruno, de regreso a su casa.

—Lo odio, es un asesino —gritaba Cintia—, no sé cómo hace pero se los come.

Domingo, pleno mediodía: la abuela Pina, después de ir al cementerio con la señora Hilda Ruverino, preparó el almuerzo y se sentó al lado del jazmín a tejer medias para los chicos del orfanato y a esperar a su nieta. Siempre elegía tareas para invertir sus horas en algo útil. Cocinaba dulces y tortas para vender, lavaba la ropa del hogar de ancianos, remendaba pantalones de los chicos del barrio, preparaba licores, además de limpiar su casa y atender la huerta.

El jazmín despedía un olorcito que la abuela inspiraba profundo. Era un combustible para que las agujas de tejer funcionaran. Y cuando las agujas empezaban la carrera, los recuerdos venían por buena compañía. Muchos de ellos, una y mil veces, habían llegado a oídos de Cintia: relatos de gente que vino de España en el barco con ella y otros de los indígenas que vivieron en las tierras de Azul muchos años atrás.

Pina tejía y trataba de desovillar su memoria. Quería olvidar a su hija, la madre de Cintia, que un día se había marchado del pueblo dejando a Cintia chiquita. Nunca la perdonó. Tampoco nunca supo el motivo y aunque de haber sabido la causa, ella pensaba que no habría una razón, ni una sola, que justificara una huida semejante dejando a una niña como Cintia. Renegaba de lo que había hecho su hija; tal vez, no quería verla más. Pero la extrañaba igual. También quería comprender al padre de Cintia que actuaba como un hombre sin sentimientos y culpaba a la niña por todo lo que le había ocurrido. No podía tolerar que ese hombre fuera amigo del intendente y estuviera en boca de todo el pueblo por sus sucios negocios y su amor al juego.

De golpe alguien le arrancó los malos pensamientos:

—¿Quién está allí?

Ella sabía que era su nieta por los ruidos a maceta atropellada. También por los lamentos y quejidos de niña que culpa a la bicicleta de haber atropellado a una maceta y, por último, por un sonido a papel de diario que empezaba a volarse con el viento. Después se oyó a alguien que salió a correr detrás del diario y otro estallido. Era el enanito de jardín que cayó sin remedio. Cintia estaba acostumbrada a llegar así a la casa de su abuela.

—Cintia, ¿qué te pasa? —le preguntó—. Mi niña, seguro que te peleaste con Bruno.

Pero Cintia no habló.

—A veces una tiene que saber aguantarse los defectos de quien es su amigo.

Pero Cintia lloró.

—Seguro que mató un pajarito.

Pero Cintia lloraba más.

—Vení, contame.

Pero Cintia lloraba más y más.

Y lo hacía como si un ejército de madrastras le hubiera prohibido tomar helados. O como cuando la suya, María, la mujer de su padre, no le permitía leer por las noches. Lloraba como Cenicienta cuando no podía ir al baile. Como Blancanieves cuando en el bosque tenía miedo a la oscuridad. Como Hansel y Gretel cuando fueron abandonados. Como cuando el Patito Feo se sentía feo. Como Alicia, como... Lloraba como cuando su papá le pegaba, porque el papá de Cintia, cuando estaba nervioso, algo que sucedía con frecuencia, le pegaba.

FIDEOS AZULES

La abuela Pina guardó el tejido. Le secó las lágrimas a Cintia con el delantal y entraron a la casa.

—Mirá, tengo una sorpresa para vos. En realidad era para Bruno también, pero como no han venido juntos él se la va a perder.

—Que se jorobe.

La abuela tenía la cocina de leños encendida. Puso una olla con agua en una hornalla y el tuco que tenía preparado desde la mañana, a calentar en otra olla. En la cocina los olores a cebolla, tomate y albahaca vagaron por el aire y se metieron en todos los rincones.

—No será tuco de pajaritos, ¿no?

—Cintia, ¿cómo me decís eso? Vení, sentate y no abras los ojos hasta que te diga.

Cuando Cintia los abrió, tenía frente a su vista un platazo de fideos nada menos que azules.

—Abue, ¿de dónde los sacaste? ¿Se pueden comer?

Comieron y hasta mojaron el pan en el tuquito con carne.

—¿Me querés contar?

—Es que no sé qué me pasa. Recién estuvimos con Bruno. Fuimos a la casa abandonada, vimos a unas personas que pusieron en venta la casita, volvimos juntos... si no matara pajaritos...

Cintia contó que iban charlando lo más bien, haciendo planes para la tarde, hasta que sucedió la tragedia del pobre pajarito.

—Lo odio cuando hace eso abuela, es un asesino.

—Sí, tenés razón, pero ¿qué podés hacer?

—Nada, seguro que cuando lo vea él me va a decir "nena tonta". Y yo le voy a decir que es un asesino que merece ir a la cárcel.

—¿No estarás exagerando?

Los fideos azules estaban deliciosos y habían suavizado un poco la pena. La abuela también preparó jugos de naranja y mandarina y una torta de manzanas con mucha crema.

—A veces, Cintia, la gente no es como nosotros queremos y no hace lo que esperamos de ella. Tu abuelo también hacía cosas que a mí no me gustaban.

—¿Te enojabas?

—Sí, pero trataba que el enojo me abandonara rápido.

—¿Y cómo?

—Hablaba con las ollas, con las flores, con la ropa y les gritaba todo lo que le hubiera querido gritar al abuelo y cuando llegaba el otro día, o la noche, se me pasaba.

—Eso es imposible, abue... Yo si no le grito en la cara, mirándole los ojos, que es un asesino, no puedo. Encima, seguramente que se lo comió como hace siempre. No voy a poder ser más su amiga, nunca más voy a dirigirle la palabra.

La abuela sabía que en dos o tres días a Cintia se le pasaba la rabieta, pero mientras tanto no se podía contradecir nada de lo que ella pensara. Los enojos son así, vienen a sorprender a la gente pero no se quedan para siempre; se van a veces con las palabras, otras con lágrimas.

—Abue, ¿me vas a decir de dónde sacaste los tallarines azules?

La abuela Pina sonrió, le guiñó un ojo y empezó a levantar los platos de la mesa. La vajilla quedó impecable. Es fácil sacar la suciedad con detergente y, casi como por arte de magia, la cocina ahora olía a limpio.

Cintia ayudó a secar los platos y los vasos los dejaron boca abajo sobre el repasador para que quedaran brillantes, sin marcas.

—¿Te quedás a dormir la siesta conmigo? Dale, olvidate de los pajaritos porque de Bruno no vas a poder.

—Sólo me podría ayudar a olvidar una cosa.

–¿Qué cosa, mi nena linda?

–¿Me contás la historia tuya y del abuelo?

–¡Otra vez...!

–Dale, yo después te cuento otra cosa. Promesa.

–Está bien. Vayamos al patio.

Hace muchos años, tantos que casi ya no recuerdo, llegué a este pueblo llamado Azul de la mano de un destino que se preparaba para que lo transitara. Muchas veces sentí un vacío en el pecho y que la tristeza tocaba a mi puerta, aunque yo le ponía una sonrisa. Tu abuelo llegó al pueblo huyendo de la hambruna y la guerra y de las atrocidades que habían sumergido a España en un caos y yo, que en esa época era su novia, quedé allá. Él viajó en barco; luego, escondido en un tren de carga, llegó hasta este pueblo. En verdad no eligió este lugar sino que lo descubrieron en un vagón y con un empujón lo desembarcaron como una bolsa de trigo.

Como tantas veces te conté, mis padres no me dejaban viajar, a no ser que me casara. ¿Cómo me iba a casar si mi novio estaba a miles de kilómetros? Una forma que se usaba mucho en esa época me salvó: por medio de un juez nos casamos a distancia. Un casamiento por poder.

Y así llegué, a los veintiséis años. Él me esperaba en un ranchito cerca de los hornos de ladrillos. Lo primero que compramos fue una vaca y la teníamos en el fondo de la casa. Criamos gallinas, patos y hasta una oveja.

La huerta era el pasatiempo del abuelo Aníbal, que trabajaba en la curtiembre, y en los ratos libres podaba ligustrinas. El ranchito era chiquito, con una pieza y una cocina donde pusimos una mesa con dos bancos. Había un jazmín, a su lado yo tejía y cuando llovía lo hacía cerca de la ventana que daba a una calle de tierra. El excusado estaba afuera. Al principio, no lo voy a negar, me daba miedo ir al baño. Si miraba para abajo podía ver el pozo y temía caerme; después me acostumbré.

Con los años, mejoramos nuestra calidad de vida. Tuvimos buenas recolecciones de duraznos, nueces, manzanas y peras en la quinta. Aprendí a cocinar dulces para vender. Algunos años después de vivir en este país, nació tu madre. Me levantaba temprano, encendía el fuego, les daba de comer a los pollos, ordeñaba la vaca y después lo despertaba al abuelo que tomaba un vaso de caña o de ginebra y salía para la curtiembre. De regreso, le encantaba encontrar la comida lista, andaba siempre apurado a la hora de comer porque le gustaba hacer una siesta antes de volver a trabajar por la tarde.

Siempre lo despertaba de la siesta con algún mate. Se sentaba debajo de las plantas. A él le gustaban fuertes y calientes; yo iba del rancho a la higuerilla tantas veces como mates quería, porque no me dejaba llevar la pava a la sombra para que no se enfriara el agua. Bajo el árbol, se lavaba la cara con el agua tibia que ponía en la palangana; quedaba despabilándose hasta que sonaba la alarma de la fábrica de embutidos, que era como una señal que usaba todo el pueblo para anunciar los horarios claves del día, y se iba a la curtiembre.

Nos gustaba estar juntos. Nos gustaba vivir así porque los pajaritos venían a cantarnos a la ventana. Me quedaba hasta la madrugada cosiendo y apagaba la vela antes de meterme en la cama para que él no se despertara. Jamás le pedí dinero, con lo que me pagaban por mis trabajos me alcanzaba para comprar la comida. Él se murió de un ataque al corazón cuando tu madre tenía tres años y sola la crié. Después me mudé a esta casita. De aquellos años tengo este jazmín que transplanté. Aquí tu madre cumplió quince años, aquí vino muchas veces a darte el biberón.

Me acostumbré a la soledad y traté de conservar el buen humor. Del abuelo guardo en mi corazón un gran recuerdo y me quedaron algunos objetos: una valija de cuero, los anteojos y una pipa. De tu mamá tengo fotos que viste miles de veces, era una nena muy linda. Casi tan linda como vos.

El resto de la historia ya la sabés. Me gustaría que vinieras más seguido a visitarme y que tu papá se enojara menos con vos.

Me gustaría encontrar soluciones a algunas cosas para que podamos ser felices, tener paz y, ¿por qué no?, otro intendente. Pero no hay mal que dure cien años, me decía mi mamá, o sea tu bisabuela, y ya verás que voy a cumplir mis deseos.

Creo que también sabés que vivo pensando en una nena que es maravillosa aunque viva arrebatada por los enojos que le despierta el mundo; es una nena que intenta ser felíz aunque la vida no ha sido muy generosa con ella. Prometo que juntas vamos a ser muy felices. Con nuestras historias de la vida y nuestras historias de ficción vamos a construir un mundo lleno de cosas lindas, y cuando estemos tristes tenemos que pensar que nos tenemos la una a la otra y todo será más fácil.

CASTIGO

—Abuela —dijo Cintia—, ¿por qué no te casaste otra vez si el abuelo se murió hace tantos años?

No contestó.

Terminaron de limpiar la cocina, regaron las plantas y la abuela se puso los anteojos para leer el diario. Esos diarios que parecían ser de otro planeta.

—Por lo menos uno se entera de algo hojeando estas páginas, ¿no? No se puede ignorar que existen otras ciudades, ni lo que dice nuestro presidente.

—¿Qué presidente?

—El de nuestro país, hija. También es nuestro presidente, aunque no sepa que existimos, pero es nuestro gobernante. Ningún presidente jamás vino a este pueblo.

—¿Sabías, abue? Se vende la casita azul, eso te quería decir.

—No, Cintia. Esa casa no se vende.

–Claro que se vende, tiene un cartel.

–Cintia, sería mejor que nunca fueras allá. Tu padre se enoja mucho conmigo cada vez que te escapás. Dice que yo te meto cosas raras en la cabeza. Cintia, no es necesario que te recuerde qué pasaría si tu padre te encuentra allí. Sabés que él no hace nada que no apruebe el intendente. No quiero que te interne en un colegio de monjas, donde podrías salir sólo los domingos. No podríamos vernos y si eso sucediera las dos sufriríamos mucho.

–Vamos a entrar con Bruno.

–No se puede entrar a la casa de alguien así como así.

–Si esa casa no es de nadie. Aunque... de alguien tiene que ser si tiene un cartel de venta.

–Mirá, Cintia, mejor no te metas en cosas que no te incumben. Ya vamos a saber de quién es la casa, pero te aseguro que no se vende.

A la nochecita, Cintia regresó a su casa en bicicleta. Pasó por la puerta de la casa de Bruno, estuvo un rato parada pero nadie se asomó. Siguió hasta la esquina. Allí se quedó otro rato mirando fijo el frente de la casa, pero todo estaba muy quieto. Siguió el camino hacia la suya y cuando llegó, se encerró en el cuarto a leer.

–¿Dónde estás, Cintia? –gritó su padre–. Vení para acá. Te dije que no te quedaras a comer en la casa de la abuela.

Cintia se quedó quieta. Sabía que su padre enojado era como un torbellino. Ella había aprendido a callarse en esas situaciones donde las palabras no pueden hacer nada.

Los libros la acariciaban. Estaba leyendo *Jane Eyre*, un libro que don Simón, el librero, le había prestado por una semana. Le encantaba, lo había leído muchas veces y lloraba tanto cada vez que repetía esa lectura... Se agarró del libro y esperó. Al instante la puerta se abrió de par en par y chocó contra la pared. Era la manera que su padre tenía de entrar a la habitación.

—Ah, ¡estás ahí! —dijo el papá rojo como un tomate.

—Sí.

—Te dije que no te quedaras a comer en la casa de la abuela, ¿o no?

—Perdoname, papi.

—Sabés que cuando me desobedecés la ligás. Te dije que si seguís viendo a esa vieja loca te mando al colegio que me recomendó mi amigo Eduardo y de allí no salís hasta que cumplas los dieciocho. ¿Sabés qué les hacen allí a las nenas que no hacen caso? ¿Querés que te dé muestras de lo que les hacen a las chicas malas como vos? Sabías que ibas a cobrar por tu desobediencia, ¿no?

Y sí, Cintia lo sabía. Pero no podía evitarlo. Estar con la abuela era una de las cosas más lindas que le sucedían y no estaba dispuesta a dejar de verla. Tampoco estaba dispuesta a dejar que su papá le prohibiera cosas, pero a veces se quedaba sin palabras.

Y ocurrió lo que siempre ocurría.

Era muy feo y Cintia no podía contarlo porque le daba mucha vergüenza. Aunque en los pueblos todo se sabe y no era secreto lo que pasaba en esa casa, Cintia creía que nadie lo sabía. No era muy descabellado lo que la niña pensaba porque nadie hacía nada por ella, al menos eso creía. El miedo y la ignorancia no permitían que alguien de afuera se involucrara.

Al día siguiente las calandrias vinieron a despertar a Cintia justo cuando María, su madrastra, entraba al cuarto con el desayuno.

–Hola, María –dijo Cintia mientras se tocaba la cola, donde se alojó el dolor después de los golpes de su padre.

–Otra vez te quedaste hasta cualquier hora leyendo. No aprendés, Cintia, ni siquiera después de lo que ya sabemos escarmentás, nena. Tu padre me encargó que te vigilara las velas. Y ya sabés que después la ligo yo también. Gastás muchos paquetes por semana. Mirá, la nueva que te dejé anoche está consumida. ¡No puede ser! Cintia, nena, no hagas enojar a tu padre. Tenés que hacer como yo que hago todo por complacerlo.

Cintia no se despertaba de muy buen humor y no se despabilaba hasta después del almuerzo; eso quería decir que en la escuela estaba como si no estuviera. Le dolían las piernas. María debía hacer malabarismos para lograr sacarla de la cama. Cintia estaba cansada de las sugerencias de María y no entendía por qué ella, que si quería irse podía, se sometía a su padre. Tal vez Cintia, observando a la mujer de su padre, comenzaba a entender un poco, un poco nada más, por qué se había ido su madre; pero María no parecía preocuparse demasiado.

–A levantarse, a levantarse, mientras yo escucho las malas noticias –gritaba María.

Por suerte en el pueblo todavía no robaban. La gente se conocía desde siempre, las malas noticias eran a menudo de otro lado y María las escuchaba por la radio.

–Es lunes, Cintia, arriba. No podés llegar tarde al colegio, vamos.

–Dejame faltar, María, dejame dormir.

–Es orden de tu padre, ya sabés cómo es. Dios me libre si llegaras a faltar con mi complicidad, termino colgada en la comisaría y torturada por el intendente.

Y protesta que te protesta Cintia se levantó, ordenó el cuarto, se puso pantalones y después fue al colegio.

Sabía que se iba a encontrar con Bruno, también

sabía que a estas horas ya todo el colegio intuía que ella estaba peleada con él. Eso era lo que más odiaba del pueblo: cómo todos se enteraban de todo lo ocurrido antes, casi, de que sucedieran las cosas. Muchas veces también se preguntó qué dirían en el pueblo acerca de su padre. A ella no le llegaban los comentarios, ¿quién iba a hablar mal a una hija de su padre?

A veces era difícil transitar la mañana de los lunes. En ocasiones se sentía muy sola. Estar peleada con Bruno era como estar adentro de un cuarto vacío, sin luces y sin nada para hacer. ¿Tendría razón la abuela? ¿Será tan importante tratar de entender a las personas? No, no. Ella no quería entender a Bruno. No podía entenderlo si mataba pajaritos y después se los comía. No podía ni pensar en comprender a un asesino de seres indefensos.

Otra que enfrentar la mañana no le quedaba.

OTRA VEZ ÉL

Bruno era el más lindo de séptimo grado. Era flaco, sí, y se le notaban todas las costillas, pero era lindo. Siempre comía chicles de fruta y usaba una gorra que tapaba su cabello lacio. En los recreos jugaba con los varones a bajar pajaritos con la honda.

Todas las chicas estaban locas por él, pero él no le hablaba a ninguna. Si por casualidad se acercaba al patio de las nenas era para decirle algo a Cintia. Ella siempre le daba chupetín o galleta de chicharrones; pero si alguna maestra los pescaba los mandaba a la dirección. El patio de la escuela estaba dividido en dos, por una línea que hacía la de tercero con una tiza; del lado izquierdo jugaban los varones y del lado derecho las nenas. Y no se podía correr. Nada era más lindo que correr en los recreos, pero no se podía.

Los varones no hacían mucho caso y corrían alrededor del patio. A veces se tironeaban del guardapolvo y, más de una vez, se quedaban sin botones. Bruno andaba siempre con el guardapolvo desprendido.

Esa línea que marcaban con tiza para delimitar un sector para las nenas y otro para los nenes no tenía ningún motivo especial, decían las maestras; sólo era porque los varones son más brutos y las nenas más delicadas, afirmaba la de tercero. Bruno cruzaba la línea y eso enamoraba más a Cintia; pero si veía algún pajarito muerto el enamoramiento se desvanecía, caía en un caos. Los amigos de Bruno eran peores que él; no sólo mataban pajaritos, también asesinaban liebres y patos. Bruno solía ir de caza con ellos y volvían con una caja llena de animales; después comían milanesas de torcacita, liebre en escabeche o patos a la naranja.

Los lunes siempre fueron trágicos para ella, pero éste lo fue más que nunca. Si bien la pelea con Bruno era seria, a Cintia le gustaba verlo de lejos. Y cuando él no estaba a ella no le quedaban ganas de estar en la escuela. Por si eso fuera poco, había terminado de leer *Jane Eyre*. Siempre que terminaba de leer un libro sentía un hueco que sólo conseguía llenar con otro libro y no siempre lo lograba. Después de leer una historia muy cautivante, encontrar otra le resultaba difícil. Y sólo podía meterse en otra historia después de intentar comenzar un libro varias veces.

También estuvo todo el tiempo pensando en la casita abandonada y comprendió que si era verdad lo de la venta, ya no tendría dónde ir con Bruno, si se amigaban, claro.

Nada tenía sentido sin su amigo. Se dio cuenta que si él faltaba nada le alegraba y se hundió en una tristeza opaca como la mañana invernal que fue la peor de su vida.

Desde hacía un tiempo, su corazón se le quería escapar cada vez que lo veía; hacía y decía muchas estupideces en su presencia sin que pudiera controlarse. Pensaba en él desde la mañana hasta la noche y se dormía haciéndolo. Se le atravesaba su rostro cuando hacía las cuentas horribles que la maestra le daba en matemáticas y también ante cualquier experimento en ciencias. Pensaba mucho en él y lo odiaba al mismo tiempo. No podía aclarar los sentimientos.

Por fin sonó el timbre que indicaba la hora de salida de la escuela.

Cintia tenía que llegar a su casa puntual, pero se le presentó un problema. Tenía que pasar, sí o sí, por la librería de don Simón en busca de un nuevo libro. No podía estar sin ninguna historia en estas condiciones. Tenía que encontrar otro libro que le permitiera identificarse con una protagonista y así comparar sus penas con las de la heroína. O simplemente llorar como cuando leyó *Mujercitas* y Beth murió. Leía una y otra vez ese párrafo y las lágrimas que empezaban a salir por la muerte de Beth, aprovechaban la salida y le daban lugar a las otras lágrimas que Cintia no derramaba. Tenía muchas guardadas por tantas cosas que le habían pasado a pesar de su edad.

Estaba decidida a pedirle un libro de grandes a don Simón. Estaba preparada para leer un drama.

claba con el olor de la librería y las viejas la si-
ron con la mirada. Llegó hasta el mostrador de
era, don Simón se sacó la pipa de la boca y le

-¿Ya terminaste el libro?
Al mismo tiempo, Clarita murmuró algo que
ia no escuchó o no quiso escuchar.
-Sí, ya lo terminé, don Simón.
-Bien, te voy a dar otro.
-Quiero uno para llorar mucho.
-¿Querés uno de varones, como decís vos?
-No, esta vez quiero uno de grandes. De esos
los padres no quieren que lean sus hijos y que
un libro escrito en esa época que me gusta a mí,
ido las mujeres usaban vestidos largos, se
ibía con pluma, cuando no había luz, usted sabe.
-Voy a pensarlo.
Don Simón estaba tan acostumbrado a que en el
blo hablaran mal de él, y por lo tanto de las per-
s que lo frecuentaban, que trataba de no hacer
a las habladurías; pero Cintia se molestaba
ido oía clarito lo que decían las viejas.
-Ve cómo le arruina la cabeza a la chica.
-Es que le da cosas que no debería leer una niña.
A Cintia le daba rabia, pero no podía contestar-
orque Clarita era la abuela de Bruno.
-¿Y tu amigo? –dijo el librero sin mirarla.
-No sé...

DON SIMÓN

La librería de don Simón estaba al lado de la
estación. Tenía libros nuevos y usados, revistas
para canjear y un archivo con todos los diarios de los domingos desde hacía muchísimos años,
para consultas del público en general. En el mismo
local había una repisa con gomas, lápices, pinturas y
cuadernos. Era la única persona del pueblo que se
ocupaba de vender útiles para la escuela. Aun así la
gente no compraba demasiado. Las ventas eran cada
vez más escasas, a tal punto que para seguir con su
negocio don Simón tuvo que achicarlo con todos los
inconvenientes que eso le acarreaba. Le llevó mucho
tiempo tomar una determinación pero al fin lo hizo:
como la gente no compraba libros resolvió no
vender un ejemplar más, sólo los prestaría. Pero
como tenía que pagar sus impuestos, puso en alquiler la parte delantera de la librería.

Clarita fue la persona que primero se acercó

cuando leyó el cartel de alquiler. Ella era una señora muy popular y tenía una mercería en su casa. Era una especie de diario viviente en el pueblo porque sabía la vida y obra de todos los que pisaban su negocio, y de algunos otros también. Cuando se enteró que don Simón alquilaba la parte de adelante de la librería, le propuso utilizar parte de su local. Don Simón aceptó pero le exigió que vendiera nada más que hilos, agujas y botones.

Al principio ella respetó el trato y mudó a la antigua librería algunas cosas; pero después empezó a agregar un poco de lana, algunas telas y cuando el librero se dio cuenta, en una parte que antes había sido su mejor sector de exposición de clásicos universales ahora había juguetes, zapatos y hasta muebles usados. Por suerte la inquilina jamás corrió el límite entre la mercería —que ya de mercería no tenía nada—, y el sector que él les destinó a sus libros. Don Simón agradecía haberse quedado atrás porque así la gente que entraba a comprarle a Clarita no lo molestaba y, a decir verdad, las personas frecuentaban más el negocio de ella. Y eso que él no vendía; prestaba.

—Es que la gente necesita más una telita, un hilito que un libro —decía Clarita, que quería convencerlo para que le alquilara todo el local—. Tiene que abandonar el rubro, hombre, así vive tranquilo.

Las viejas que iban a la mañana a comprar elásti-

co o cinta de bebé y se quedaban un r mate con la vendedora, no entendían Simón estaba tan empecinado en se libros; pero él encendía la radio para n conversaciones.

—Si tuviera más espacio, Clarita, más las cosas.

—Pero si yo no sé para qué tiene l edad. Y encima ahora le dio por no v libros, a quién se le ocurre. Bueno, é esas ideas de compartir todo, vaya u dónde las sacó. Vio que leer a la larga

—Ah, pero después se queja de ¡también! Todo el día leyendo se pas.

Y así don Simón solía estar de bo como los cuentos que se escuchaban a las nueve por la radio local.

Cintia sí entendía a su librero po desprenderse de lo que uno más qu

Ese lunes trágico, Cintia desp pedaleó hasta la librería. Iba parada no podía apoyar la cola. Abrió la cómo las campanitas que estaban c las viejas se dieron vuelta todas a Como era una niña muy educac cabeza y buscó a su viejo amigo Cruzó el piso de madera que se hacía mover los muebles. El olor

—¿Cómo no sabés? Mmmm.

Cintia miró hacia donde estaba Clarita, se acercó a don Simón y le dijo:

—Ahora no puedo hablarle, pero si va a la plaza a la tardecita le cuento. Tuve un día fatal, encima se vende la casita azul, ¿se enteró? Estoy de muy mal humor.

—¿Ah, sí? Pero quedate tranquila que la casita azul no se vende.

—Sí, ya tiene el cartel.

Don Simón se metió otra vez la pipa en la boca. Después de haber estado un rato largo con la pipa en la boca mirando los estantes, le dio otro libro.

—No sé si vas a llorar, pero te va a gustar.

—*Cumbres Borrascosas*.

—La autora es la hermana de la que escribió *Jane Eyre*.

—Entonces, me va a encantar.

Y Cintia salió con *Cumbres Borrascosas* debajo del brazo. El librero se quedó sonriendo.

Las viejas no sabían qué llevaba Cintia, porque ellas no conocían nada de libros.

—Pobre niña, alguien tiene que decirle a su familia que este viejo está estropeándole la cabeza. Aunque a quién le importa la suerte de esta chica, ¿no? Entre el padre y la madre que le tocó...

—No se meta, doña —dijo Clarita—. Con la abuela que tiene que la protege de todo, o hasta donde la dejan, ¿no?, la nena salió así... ¡pobre niña!

DESILUSIÓN

Don Simón llegó a la plaza después de las tres. Se sentó debajo de los tilos y se puso a leer. Cintia también llegó con su libro.

—¿Qué le pasa a esta niña? —dijo don Simón sin levantar su vista de las páginas.

—Es Bruno... estamos peleados.

—Ah, pero eso es cuestión de minutos.

—No, no es cuestión de minutos. Esta vez no le hablaré más. Mató un pajarito en mi propia cara.

Don Simón la escuchaba sin mirarla, seguía leyendo.

—¿Cómo se hace para dejar de ser un asesino?

—Es muy difícil.

—Lo sospechaba. ¿Qué lee? —preguntó Cintia tocando la tapa del libro.

—Estoy releyendo *La metamorfosis*, es la historia de un hombre que se convierte en insecto.

—Eso debería pasarle a Bruno. ¿No dice ahí cómo se hace para conseguir eso?

—No, a este hombre le sucedió, no se lo propuso.

—Ah. ¡Qué lástima!

Don Simón siguió leyendo.

—Además estoy preocupada por lo que le conté, que está en venta la casita abandonada.

—Y yo te dije que esa casa no se vende.

—Sí, pero tiene cartel.

Justo en ese instante llegó don José con el termo y el mate y don Simón no pudo seguir leyendo, y mucho menos hablar de la casita abandonada.

Cintia salió con su bici y fue para la casita. Lo hizo sin pensarlo y sin mirar hacia atrás. Llevaba el libro en la canasta.

Estaba todo muy quieto cuando se acercó a la piedra de la laguna. Muy cerca de los sauces estaba la bicicleta de Bruno. Se apuró y corrió hacia él. Pero no lo saludó, trató de parecer indiferente.

—Hola —dijo él.

—Hola —contestó ella, pero contestó sólo por obligación. Luego preguntó—: ¿Vas a entrar?

—No, Cintia, hoy no puedo. Estoy apurado.

—No fuiste a la escuela.

—Estoy ocupado.

—¿Estás enojado?

—Para nada.

–Y ¿te vas sin decir nada más que eso? Estás raro...
–Cintia se quedó mirándolo.

Él fabricó una honda. Luego subió a la bici y se fue.

Ella lo siguió a una distancia prudente para que él no se sintiera perseguido y vio que entraba en la casa de Julián.

Cintia regresó a su casa con peor humor que el de la mañana. Siempre le pasaba lo mismo. Ella se prometía a sí misma no hablarle y terminaba hablándole. Volvió a su casa y le contó a María.

–¿Te das cuenta?

–Los hombres son todos iguales –dijo María, que estaba lavando los vidrios.

–Sí, María, yo nunca me voy a casar.

–¿Vas a ir al baile?

–¿Qué baile?

–El de las vacaciones de invierno. Van a elegir cuatro princesas finalistas que nos representen en la fiesta del Jacarandá.

–Ah, falta mucho, no sé si voy a ir. Pobres las chicas que se postulan para princesas, qué feo es ser princesa.

–Bruno va y su mamá también.

Uno de los defectos de María era saber todo lo que acontecía en el pueblo, porque trabajaba limpiando en muchas casas y encima no se guardaba nada de lo que oía. A Cintia no le extrañó que su amigo fuera, porque a los bailes del pueblo iba toda la gente. Además, ese baile era una especie de anticipo para el de noviembre. Así que no le hizo caso a María y se fue a leer. Al rato llegó Soledad.

—¿Sabés quién me invitó para ir al baile del club?

—No —dijo Cintia.

—Julián.

—¡Qué bien!

—Y ¿a vos?

Cintia no le contestó. Nadie la había invitado, pero a ella eso no le importaba. Jamás le importaban esas cosas.

—¿Sabés? —dijo Soledad—. Me dijo Julián que Bruno va a ir con Belén, una prima que vive en la ciudad y vino con su familia; se quedan hasta que terminen las vacaciones de invierno.

Cintia no contestó pero el corazón se le cayó como si fuera un cascote. La bronca le saltó como una pelota y la boca se le secó como un desierto.

—Ah, no sabés lo linda que es Belén. Ya la dejan pintarse, porque ¿viste cómo son las chicas de la ciudad? No sabés cómo la miraba Pedro.

Pedro era amigo de Bruno y era el ser más atropellado y sucio del mundo. Vivía con los cordones desatados, la cara sucia, las uñas negras y aunque estuviera en séptimo no podía leer sin deletrear.

—No, no sé. ¿Cómo son? —dijo Cintia luchando contra las lágrimas que llegaban sin avisarle.

—Y... son más modernas. Están todos los chicos enamorados de ella. Llegó ayer en el tren de las once y media y se pinta las uñas de azul. Tiene un mechón rojo en el flequillo y parece que a ella también le gusta cazar pajaritos...

Y Soledad se fue dejando a Cintia con la boca abierta y llena de cosas que quería gritar.

Se refugió en la novela que le había prestado don Simón.

ENOJO

Era casi de noche. La abuela no estaba tejiendo cerca del jazmín porque el frío del invierno la obligó a hacerlo en la cocina. Igual escuchó el ruido a bicicleta estrellada y también a macetas caídas.

—Ya sé —dijo la abuela Pina—, te peleaste de nuevo con tu amigo.

—Es un tonto —dijo Cintia—, es un tarado.

—¿Qué pasó?

Con una inquietud muy dentro de su estómago, le contó desordenadamente todo lo que había transcurrido desde la última vez que habían conversado.

—Si lo tuviera enfrente le agarraría el pelo y le desinflaría la bici o le rompería la honda... —lloraba desconsolada.

La abuela esperó. Le preparó bananas pisadas con leche y las batió con azúcar. Apenas transcurrieron algunos minutos, las lágrimas pararon un poco de rodarle por la cara.

—Es que Bruno invitó a una forastera para ir al baile del club.

La abuela no contestó.

—Parece que a ella le gusta cazar pajaritos y es de la ciudad. Se pinta y todo.

—¡Estamos listos! —dijo la abuela—. Los varones son unos apresurados que se dejan seducir por cualquier coqueta.

—¿Qué voy a hacer?

—Ir al baile —contestó la abuela.

—¿Con quién?

—Ya veremos. Primero, hay que ver si es cierto lo que escuchaste. Y si es así, tenés que estar muy linda para que no se note tu enojo... ¿Cómo fue que te enteraste? ¿Te lo dijo él?

—No.

—Entonces, hija, averiguá; no hay que creer en todo lo que escuchás.

—¿Cómo no voy a creer, abue? Si es capaz de matar pajaritos es capaz de salir con otra chica. Tiene razón María, los hombres son todos iguales.

La abuela lamentó mucho lo que dijo Cintia.

—Volvé a la casa, Cintia, ya es de noche. Metete en la cama para escuchar el cuento.

A las nueve, todo el mundo se acercó a sus radios para oír la voz que rescataba aquellas historias que se oían una y otra vez y que tanto tenían que ver con el pueblo.

LEYENDA 2

Un hombre y su familia huían de otros hombres iguales, pero distintos. Iguales porque eran hombres. Distintos tan sólo porque eran blancos y consideraban que podían matar. Los perseguidos llegaron a unas tierras después de andar y andar durante toda la noche. Cruzaron grandes lonjas de territorio y armaron su toldería cerca de un ombú, único árbol en cientos de kilómetros. Junto a otras familias, no más de quince, doloridos por los hermanos perdidos empezaron una nueva vida.

Muy cerca de la toldería, había una laguna que llamaron "El Carpincho" porque había carpinchos que les dieron la bienvenida. Los lirios intentaban sacar sus primeros pimpollos, los juncos rosas albergaban pajaritos que venían a comer en sus flores.

Ninguno de los recién llegados sabía cuánta tranquilidad tendrían. Cada amanecer venía a confirmar otro día con el miedo de vivir perseguido y que esto significara morir perseguido.

El tiempo pasó. La suerte no estaba del lado de aquellos nativos. La fiebre amarilla no tardó en terminar con casi todos. Ailín, su madre y dos o tres familias, lograron sobrevivir a tal peste. La toldería dejó de ser una toldería para ser nada más que unos pocos desahuciados. Ante el temor de morir, quemaron las chozas e hicieron nuevas.

Hubo que empezar de nuevo.

Meses más tarde, a pocos kilómetros, las vías del tren dejaban estaciones nuevitas a su paso. El progreso los llamaba y así fue como la aldea entera se corrió hacia la estación.

Otros hombres, sin embargo, sin asustarse por la suerte corrida por los escasos pobladores llegaron al ombú, gracias al paso del tren, provenientes de otras tierras, huyendo de otras pestes. El desolado despoblado se transformó despacio en una diminuta aldea, con casas precarias de barro y paja, con gente de distintos orígenes.

Y otra vez a empezar de nuevo.

Ailín, la nativa huérfana de padre, se lamentó que éste no estuviera para ver los cambios que se habían producido. Algunas cosas suceden demasiado tarde. El dolor por la pérdida no se aplacaba con una nueva vida; habían perdido la forma de vivir, su propia forma de ser. Ya no eran una tribu, sólo eran un pequeño pueblo.

INVITACIÓN

Cualquier cosa le hacía pensar en él. Leía y releía las letras de canciones que él le había mandado desde tercer grado y miraba los dibujitos que le había hecho antes de saber escribir. La cabeza de Cintia era el escenario de miles de pensamientos, pero ninguno le aclaraba esta reacción de Bruno que, hasta hace poco, había sido su mejor amigo.

Ella leía *Cumbres Borrascosas* y se sentía identificada con Catalina Earnshaw. Catalina tenía un padre que no toleraba a los chicos, un padre severo como el que Cintia tenía. Heathcliff, el amigo de Caty, le recordaba a Bruno. En la literatura también había gente que sufría.

"Está bien, siempre peleamos, pero eso no es ninguna novedad. Antes los dos queríamos entrar a la casita", pensaba Cintia desolada.

Al día siguiente Cintia amaneció con fiebre.

Como siempre que se enfermaba, la primera que venía a verla, sin que la descubriera su padre, era la abuela Pina. La abuela sabía en qué horario no había nadie más que su nieta en la casa y salía caminando despacio y llegaba como si hubiera caminado dos kilómetros. Le hizo fomentos en el pecho y le dio un jarabe que Cintia tomó con mucho gusto porque le encantaban los remedios con sabor a frutilla. Más tarde vino Pedro y así inesperadamente la invitó al baile. Ella no le podía contestar, él jamás la había visitado antes.

—¿Y? —dijo Pedro.

—Con una condición.

—¿Cuál?

—Si no me decís más "trencitas", ni me cargás porque soy flaca, ni me tirás tizas en la cabeza, ni me hablás con la boca llena, ni me respirás encima cuando estás transpirado, y sobre todo si me prometés bajo juramento que después de ese baile no vas a volver a invitarme nunca más por el resto de tu vida a ningún otro baile... Ah, y si no entrás más a mi casa embarrado y te cepillás las uñas.

—Trato hecho —dijo Pedro, y se fue dejando todo el barro que tenía en sus zapatillas en el piso de la habitación de Cintia.

—¿Por qué será tan bruto?

Afuera los pajaritos parecían contentos y la gente del pueblo no hablaba más que del baile. Es que todos se ocupaban de hacerse su ropa. Las mujeres cosían sus vestidos. El club pintaba las mesas de chapa y las sillas de blanco. Los vecinos decoraban con cal el cordón de la vereda y los troncos de los tilos. Las viejas barrían todas las calles. Don Darwin, el conserje del club, prepararía sandwiches de chorizos para vender y su señora llenaría los fuentones de jugo de naranja que el día indicado serviría a todos con cucharón. Para Cintia la proximidad del baile le hacía pensar en momentos difíciles que se avecinaban en su vida; pero otra que enfrentar la situación no le quedaba.

Estaba acostumbrada a que las cosas no le salieran como ella quería. Ella necesitaba una mamá y no la tenía. Deseaba un papá cariñoso y tenía uno cascarrabias y violento. Anhelaba un abuelo y nunca tuvo uno. Por suerte, se internaba en los libros y se olvidaba que su vida había sido un poco difícil de sobrellevar.

Siguió leyendo su novela. El señor Earnshaw le decía a Catalina que pidiera perdón a Dios por su existencia. A Cintia su padre le decía muchas veces que algún día le cobraría todo lo que ella consumía. A Caty, su padre también le confesaba que no le era posible quererla.

"¿Cómo un padre puede confesar eso a su hija?", pensaba Cintia. El páramo para Catalina y para Heathcliff era como la laguna o la casita azul para

Cintia y Bruno. No podía parar de leer. Las velas se consumían mientras el viento afuera se enfrentaba con el vidrio de la ventana. Cintia no quería hacer ruido para que su padre no develara el secreto que ella conservaba de leer por las noches hasta que los ojos no le respondieran.

Cintia no sabía por qué extraña razón su padre aborrecía que ella leyera. Tampoco comprendía por qué él la castigaba así. Él estaba siempre enojado, pero no solamente con ella; el enojo que tenía su padre era con todas las personas del mundo, era un hombre que no podía reírse. A María también la maltrataba y a la abuela no quería ni verla. Sólo se llevaba bien con el intendente porque se conocían desde chicos y como alguna gente decía por ahí: "Dios los cría y ellos se juntan".

La abuela le había dicho una y mil veces que no tratara de entender el enojo de su padre y que solamente se callara cuando él le decía esas cosas feas que eran difíciles de tolerar callada, para evitar algo aún más terrible. Muchas veces la abuela le había pedido a su nieta que tratara de aguantar mientras ella pensaba en "algo" que las ayudaría para siempre. Pero Cintia las veces que podía callarse no era sólo por hacerle caso a su abuela, sino porque a ella cuando su papá se enojaba le daba mucho miedo. La abuela siempre había sido misteriosa y nunca decía todo bien clarito. Pero si ella le decía que soportara,

Cintia trataba de soportar. La abuela antes de irse a su casa le recordó que no mencionara delante de su padre que ella había estado cuidándola.

UNA SEMANA DESPUÉS

Una semana después, Cintia tenía ganas de que su amigo se enterara que ella iría al baile con Pedro. Aunque era poco creíble que eso sucediera, ella conservaba una esperanza, débil pero firme, de que Bruno se arrepintiera de haber invitado a la prima de Julián; más aún cuando supiera que ella iría con Pedro.

–¿Me ayudas, Cintia? –le dijo María mientras preparaba la mesa para almorzar.

–Hoy no puedo –le contestó–, tengo que medirme la ropa para el baile.

–Pero si vos nunca te preocupas por la ropa –dijo María–. ¿Vas con alguien?

–Sí –dijo Cintia, y pensó que era la oportunidad para decirle con quién. María se encargaría de contarlo enseguida–. Voy con Pedro.

–¿El de los zapatos embarrados?

La gripe había dejado algunos vestigios en Cintia. La abuela vino a la hora de la siesta para que su nieta se acostara. Aprovechó que el padre de Cintia no estaba y le hizo los últimos fomentos de paño caliente en el pecho para que no tosiera más. Le leyó cuentos de *Las mil y una noches.*

"La abuela leía tan bien los libros sin dibujos." Cintia prefería no ver ilustraciones en los relatos, porque imaginaba a los personajes de una manera y luego, cuando aparecían impresos, nunca, pero nunca, eran como los que ella había creado en su cabeza y se desilusionaba. Le había pasado con *Jane Eyre*; nunca supo quiénes eran las de la tapa, si la grande era la señorita Temple o la misma Jane adulta. Y la expresión de los ojos de las dos mujeres de la tapa del libro de la colección Robin Hood eran tan iguales, que parecían madre e hija. Pero Jane era huérfana. Y aunque fuera su madre, de todos modos Cintia la había imaginado distinta.

La abuela le recomendó que leyera *Tom Sawyer* pero ella ya lo había leído. Le gustaba la parte donde Tom besa a Becky. ¿Y si ella se enfermara como Becky? ¿Bruno desesperaría como Tom?

Los chicos de las novelas eran inventados pero Bruno era real como ella misma. Cuando a Tom lo desbordaba la angustia se quería morir al menos por algunos días. Y después, cuando lo dieron por muerto, comprobó que lo amaban. ¿Y si ella se hacía pasar por muerta? No, lo pensó mejor: a su regreso su padre la mataría sin dudar y eso era peor.

Llevaba dos domingos peleada con su amigo. No sabía cómo averiguar si él había ido a ver la casita azul. En el pueblo seguían los comentarios sobre su venta. Los turistas, acompañados por la esposa del intendente, visitaban el lugar y los paseos se multiplicaban porque arribaban personas de otros pueblos para ver la casa –siempre por fuera–. Se sumaba ahora la intriga de saber quién era el dueño, después de tantos años que la creyeron abandonada.

Deseaba estar sola en una isla desierta, sin nadie que la rodeara. No quería escuchar nada de nadie. Quería estar sola con ella misma y que Bruno la extrañara. Deseaba morirse como Tom Sawyer por algunos días y comprobar que Bruno no podía vivir sin ella. Pero decidió seguir leyendo para olvidar todas las situaciones que le salían de su mente como cataratas.

ENREDO

Sábado por la mañana. Bruno pisó el palito tal como lo había previsto Cintia. Como un verdadero enamorado y, como si eso fuera poco, también enojado, partió rumbo a la casa de la abuela Pina. Entró de la misma forma que Cintia y terminó de romper lo que su amiga había dejado más o menos roto la última vez que se cayó de la bicicleta.

–Bruno, ¿qué manera de entrar es esa?

–¿Está Cintia acá?

La abuela le dijo que no.

Él le contó que estaba furioso porque se había enterado que Pedro iba a ir al baile con ella.

–Y vos, ¿con quién vas a ir?

–Con Cintia. Hasta me peleé con Julián porque me quería encajar a la prima.

–Entonces, ¿por qué no la invitaste?

–Iba a esperar el momento oportuno. Lo que pasa es que ella estaba enojada conmigo y usted sabe cómo es cuando se enoja. Pero ahora voy a invitar a la engreída de la prima de Julián, para que se enoje –dijo, y se fue.

Todo el pueblo hablaba del baile y, mientras tanto, esperaban que la casita abandonada que se ponía azul en noviembre, no se vendiera. ¿Quién iba a comprarla? Sabían tanto y tan poco de esa casa. Todos conocían la historia de amor, pero nadie intuía de quién podía ser la casa. Los viejos casi no se acordaban, los jóvenes sólo suponían la historia. En Azul, como en todos los pueblos, nadie tenía la misma versión de los hechos.

El malentendido entre los chicos por los acompañantes del baile se hacía cada vez más grande, como la mayoría de los malentendidos. La abuela Pina no sabía cómo hacer para aclarar las cosas. El pueblo estaba lleno de entredichos, de prejuicios, de vergüenzas, de opiniones mal emitidas y mal interpretadas.

"Esto sucede cuando las personas se dejan llevar por habladurías, pensó la abuela. ¿Qué va a pasar si nunca se aclaran las cosas? Cuánta gente jamás se reconcilia por habladurías."

Y recordó el cuento que la noche anterior había transmitido la radio.

LEYENDA 3

El tren, la estación y la aldea fueron creciendo. Las personas llegaban y se quedaban en el lugar. Ailín había comenzado a disfrutar de la laguna "El Carpincho", juntaba junquillos en primavera y ayudaba a su madre en el trabajo del telar. Con el tiempo crearon una plaza en el medio de la aldea. Allí crecieron tilos de semillas que algunas personas habían traído en sus valijas. No tardó el gobierno en mandar representantes para la estación, un delegado y un cura.

Entre esas personas llegó don Manuel Iraola proveniente de España. Tenía treinta y nueve años cuando arribó a la población con su hijo Joaquín, de diecinueve. Hombre de mucho dinero, compró tierras cercanas a la laguna "El Carpincho", seducido por los árboles de aquel lugar. Enseguida contrató a gente para trabajar en un horno de ladrillos y empezó a construir *una casa que se convirtió en la más linda de la zona; después la hizo pintar de blanco.*

Ailín y su mamá vivían en un ranchito cerca de la casa blanca y muy pronto don Manuel empleó a la niña en su casona. La madre no quería que ella trabajara para un blanco, pero tuvo que permitírselo porque nadie le compraba las mantas que hacía con su telar y no podían seguir viviendo en la miseria. Llevaban más de trece años en el sitio que había elegido Aloe aquella noche cuando se escaparon de los huincas. Algunos rencores eran imposibles de erradicar. Y si bien el mundo había cambiado, ningún sobreviviente de las tolderías llegaría a olvidarse jamás de las persecuciones.

Don Manuel Iraola era un blanco decente. Ailín, que tenía más años viviendo con gente huinca que los vividos en la tribu, sabía reconocer las bondades en las personas. Don Manuel era escritor y le gustaba leer cerca de la laguna. Tomaba mate en una calabaza y dejaba que Ailín estuviera en cualquier parte de la casa. Ella nunca había visto pisos de ladrillos, ni tantos muebles. Era, la cocina de esa casa, más grande que todo el rancho de Ailín. Tres habitaciones rodeaban el salón principal, un comedor y un baño. Fue la primera casa del pueblo que tuvo baño adentro y con inodoro porque todas, hasta entonces, tenían excusado.

Don Manuel empezó a ser como un padre para la joven aborigen. Al principio, Ailín no se acostumbraba a tanta comodidad y se quedaba en las piezas contem-

plando las camas que nunca había visto ni, mucho menos, dormido en ellas.

Antes de morir, su madre le pidió un juramento: que nunca confiara en los blancos. El día en que la joven aborigen quedó sin su mamá, don Manuel le ofreció venir a vivir en la casa con ellos. Le enseñó buenos modales, a comer y a escribir. Ella no quería instruirse, no deseaba dejar de usar las dos mantas que envolvían su cuerpo, no aceptaba vestidos.

No podía desterrar de su corazón las semillas que, su padre primero y su madre después, le habían sembrado. Sentía dudas y temor ante los huincas. Sus trenzas conservaban el color renegrido de siempre y tenía la costumbre de andar descalza. Ella sabía fabricar mantas en un telar y así tejió cortinas y ponchos que don Manuel lucía orgulloso. Preparaba locros como nadie, ella misma salía a buscar maíz en los campos de don Manuel y lo ponía en agua toda la noche. Luego, de la huerta extraía zapallos, cebolla y ají. Hacía guisados con carne de pavo y de vaca, guardaba las patas de gallina para hacer caldo y preparaba mazamorra.

Se levantaba al alba con el primer canto de un gallo, encendía la cocina de leños para calentar el agua, le preparaba el mate y le cebaba a don Manuel. Luego se ponía a machacar maíz durante tres horas.

Ailín y Joaquín se hicieron amigos pero ella no olvidaba la promesa hecha a su mamá. Don Manuel le pedía a Ailín que le contara historias. Joaquín escu-

chaba. Padre e hijo atendían interesados, oían conster-
nados la triste vida pasada que narraba Ailín. Ella se
sentía a gusto allí.

Joaquín descubrió muchas cosas acerca de Ailín y le
enseñó a leer y a escribir y después le contó su historia,
la de un inmigrante. Le habló del mar y juntos
escribían cartas, versos, recetas de comidas. Joaquín
decía:

—A ver, ¿cómo se hace la liebre adobada?, pero
escrita, ¡eh!

Y ella escribía:

"Laurel, zanahoria, liebre...".

—Ah, pero quiero saber cómo se hace, no sólo lo que
lleva.

Y ella escribía:

"Se pone la liebre abajo de la bomba para que el
agua la deje blanca...".

—Muy bien.

Y así el gusto por escribir empezó a llegarle, más y
más.

Luego vinieron las poesías.

Finalmente Ailín se pasaba horas escribiendo a
orillas de la laguna.

Joaquín le dejaba cartas arriba de la banqueta.
Ella las leía mientras pelaba papas. Luego volvía a
leerlas, releerlas... recordarlas.

GOLPE

Sábado después del almuerzo. Cintia estaba acostada en su cuarto esperando que Bruno le diera alguna señal de vida y así tenía planeado descargar toda su bronca contra él, que estaba a punto de concurrir al baile con otra. El ruido de los camiones que pasaban por la ruta, sin entrar al pueblo, llegaba hasta su cuarto y al instante se iba y dejaba el aire limpio, casi como si no hubieran existido. El viento estaba embravecido y María encerró a todos los pollitos para que no se murieran de frío.

–Cintia –gritó el papá–. Cintia, vení para acá.

Cintia enseguida se dio cuenta que su papá estaba enojado otra vez, pero iba a ser difícil averiguar el motivo. Los enojos de su padre eran sorpresivos y a veces incomprensibles.

"Qué hice ahora", pensó y salió del cuarto.

–Te dije que no quiero que estés todo el día tirada leyendo. Acá hay que trabajar; si no tenés nada que hacer vas a la fábrica y le decís a don Cholo que te dé un empleo.

–Papá, es que...

–¿Estuviste en la casita azul?

–Es que...

–Cintia, decime: ¿estuviste en la casita azul, sí o no?

–¿Quién te lo dijo?

–Acá se sabe todo –dijo el padre muy enojado–, y si es cierto o hay algo más, ya podés empezar a correr porque yo no voy a pagar ninguna multa por tu falta. Me hacés quedar mal con el intendente, sin-vergüenza –y levantó su mano para agarrarle las trenzas. La tomó de ellas, la llevó hasta la cocina. Así, sosteniéndola, le dijo con los dientes cerrados, sólo abriendo los labios para emitir una frase que Cintia estaba cansada de oír:

–Estuviste otra vez con ese chico de porquería en la casa abandonada. Mil veces te dije que no fueras. Tenés un demonio adentro.

–Bruno no es ningún chico de porquería, es mi amigo –lloraba Cintia y sabía que después de esto su padre la castigaría.

–No me contradigas.

–No te contradigo, papá.

Y sucedió lo que siempre sucedía.

El papá le pegó otra vez.

Gritaba con los dientes apretados y el grito salía

grueso. Cintia también apretaba sus dientes y pensaba en su mamá. También pensó en Catalina Earnshaw cuando su padre la aborrecía. Y recordó que el día de su muerte, el señor Earnshaw acarició la cabeza de su hija y Catalina le había dicho a su padre que por qué no intentaba ser más bueno. Había cosas que Cintia jamás iba a poder decirle a su papá.

Cintia se quedaba con todas las lágrimas para adentro. Su padre se transformaba en una bestia de manos grandes que provocaban mucho dolor. Y también sus palabras. Y para qué seguir contando. Cintia fue castigada, no podría salir ni, mucho menos, ver a la abuela.

Siempre los castigos eran los mismos para ella. Su padre le prohibía lo que a ella más le gustaba. Y le privaba de ver a sus seres más queridos, Bruno y la abuela Pina. A Cintia le parecía que había estado encerrada en la casa desde hacía semanas.

—María, decile que me perdone —dijo Cintia cuando pudo recuperar el habla. Pero María no se animaba a decirle nada al papá de Cintia en situaciones graves porque a veces recibía golpes ella también.

—No te preocupés, Cintia, algo vamos a hacer.

María era buena, pero jamás se hubiera animado a enfrentar al hombre que la había elegido para vivir. Era muy pobre y una de las razones que hizo que aceptara ser la mujer del padre de Cintia fue porque él le ofrecía una casa digna. Claro que pensó que la convivencia sería dura, pero jamás imaginó cuánto. Ella, como muchas mujeres, creyó que cambiaría el carácter del hombre que tenía a su lado. Él cada día que pasaba estaba peor. No le había sido fácil soportar la humillación de quedar abandonado por su mujer, la madre de Cintia. Tampoco había tenido una vida sencilla. Los adultos siempre tienen vidas complicadas. No es sencillo vivir en un pueblo donde uno es observado todo el tiempo. Claro que eso no justificaba su violencia. Las personas no sabían bien qué hacer ante circunstancias como ésta, cuando un padre le pega a un hijo. Y la gente del pueblo prefería pensar que todo era pasajero, o que todo se iba a arreglar algún día. Nadie se metía.

Cintia necesitaba a su abuela, cada vez más. Y ese día más que nunca.

Tomó *Cumbres Borrascosas* y siguió leyendo. Con un pañuelito se secaba las lágrimas que a veces no le dejaban ver las letras. Quería morirse de tristeza como Caty. Quería que Bruno fuera como Heathcliff. Quería que su padre fuera bueno. Quería que su madre estuviera. Quería que la casita azul no se vendiera. Quería ser feliz como la mayoría de las nenas. Quería que su abuela la sacara de ese infierno.

LARGA ESPERA

La abuela llegó y como nadie la atendía, empezó a gritar en la puerta de la casa que había sido de su hija. Su yerno salió y le dijo:

–Váyase que Cintia no quiere verla.

–Eso es mentira suya. No me voy a ir hasta hablar con ella.

–Entonces va a tener que esperar sentada. Y si molesta no la va a ver más.

–Estoy cansada de sus amenazas, no me voy a ir hasta que me deje ver a mi nieta.

Y la abuela se sentó en el sillón de madera de la entrada a esperar que Juan le dejara ver a Cintia.

Cintia seguía leyendo *Cumbres Borrascosas*, le faltaba poco para terminar la segunda lectura de la historia; ella leía muy rápido los libros. Seguía con la idea de irse a una isla desierta. Tal vez podía ir a la casa abandonada, tratar de entrar, de forzar la cerradura.

La abuela seguía en el sillón de madera. El padre de Cintia no salió de la casa en todo el día para que la abuela no entrara. "Pero en algún momento tendrá que salir, pensó Pina, porque los sábados Juan se va de copas con sus amigotes del club."

El sábado estaba llegando a su fin. María le alcanzaba mates a la abuela Pina. La abuela miraba profundo, lejos, su mirada se perdía en el horizonte e iba aún más allá. Recordó su niñez, sus padres y su vida familiar en aquel sitio tan lejano que jamás volvió a visitar. Pensó en cómo se sufre por los seres queridos y cómo a veces elegir también duele. Ella había elegido estar en el pueblo, pero extrañaba esas tierras suyas y tenía decidido no volver más para guardar intactos los recuerdos de aquellos días que no volverían. Los tenía tan nítidos en su memoria. Estaban tan frescos aquellos rostros familiares, que pensó que el tiempo le había jugado una mala pasada. Tal vez no hacía tanto tiempo como ella pensaba que había dejado su país. Pensó que tendría que acelerar su plan para ayudar a Cintia. En la ciudad cercana al pueblo alguien tendría que apoyarla, no podían seguir tolerando el maltrato de ese hombre para con su niña. Tenía que ser cautelosa y esperar el momento oportuno para hacer la denuncia y confiaría. "Las cosas volverán a acomodarse", pensó. La abuela Pina debía actuar con cautela porque la nena, con una madre que la abandonó y un padre violento, podía ir a parar a un instituto de menores. Por otro lado, si fallaba era peor porque Juan no dudaría en encerrar a Cintia.

—¿Todavía sigue ahí usted?

—Necesito ver a mi nieta.

—Y yo necesito irme.

—Entonces, déjeme pasar. ¿Por qué le quita a Cintia todo lo que ella más quiere?

Juan se rascó la cabeza. María, secándose las manos en el delantal, miró a la abuela y le dijo:

—Ya es de noche, Pina, vuelva a su casa.

—Amaneceré aquí y todo el pueblo se enterará de que no me dejan ver a mi nieta, aunque ya lo debe saber medio mundo.

Juan la miró. Se le notaba el enojo más calmado y, abriendo el mosquitero del lado de afuera, dijo:

—Pase, pero yo voy a estar escuchando lo que le dice, así que tenga cuidado. Usted sabe que si quiero, la hago echar de este pueblo.

UNA NOTICIA

La abuela Pina dejó el sillón. Había pasado muchas horas sentada allí esperando ver a su nieta. El padre de Cintia se sentó en el sillón que había dejado vacío la abuela.

—Cintia, hija —dijo la abuela—, es mejor que no vayas más a la casita azul. María me contó todo.

—Es malo, abue, él es malo.

—Es tu papá, tenés que hacerle caso.

La abuela sabía que Juan estaba escuchándola y tenía que ser inteligente para avanzar con su plan.

—Además traigo noticias —y le habló en el oído a Cintia—: Ayer a la tarde llegó el comprador para la casita azul...

—No puede ser.

—Sí puede ser. Tenías razón. Dicen que el intendente fue a verla con él. Algunos dicen que la casita azul va a ser tirada abajo para poner una planta lechera. Otros creen que van a arar las tierras; pero estoy segura que finalmente no se va a vender. Te lo aseguro.

Cintia se empezó a inquietar.

–Entonces es cierto; pero vos no vas a permitir que la vendan, ¿no, abue?

–Es que...

Pina debía cuidar todo lo que decía y le hizo señas a Cintia que no le preguntara más.

–¿Pero quién puede vender algo que no tiene dueño?

–Dos autos negros pasaron por el medio del pueblo –seguía hablando en susurros–, lo atravesaron, salieron por el camino de tierra y condujeron hasta la casa. En uno de ellos iba también el intendente. No hay que meterse, parece que son peligrosos.

Cintia no dijo nada.

–Los que los vieron contaron que permanecieron cinco minutos y se fueron –dijo despacito y luego, levantando la voz, expresó–: Hacele caso a tu papá –y le guiñó un ojo.

Cintia siguió escuchando a su abuela. Un rato después, se quedó dormida y la abuela volvió a su casa.

Mientras tanto, Bruno seguía enojado porque su amiga iría al baile con Pedro. Bruno estuvo en la puerta de la casa de Cintia hasta muy tarde el sábado por la noche.

Al día siguiente Cintia se levantó, como todos los domingos, puso su almohada en su cama a modo de cuerpo durmiendo, la tapó con la frazada, salió por la ventana para que su padre no la viera y fue a la casita azul.

Bruno estaba allí.

—¡Hola!

—Me asustaste.

—No quise hacerlo.

—¿Viste los autos que atravesaron el pueblo? Son compradores.

—¿Quién dijo?

—No sé, comentan en el pueblo.

—Tal vez no lo sean. ¿Vas a entrar?

—No.

—¿Quién te hizo cambiar de opinión? ¿Pedro?

—¡Sos un tonto!

—Tenemos que entrar, Cintia, tratemos de entrar, ¡dale! Hace mucho que queremos hacerlo. Es nuestra última oportunidad. Si no entramos ahora, nos arrepentiremos toda la vida.

Cintia no se animaba pero tenía muchas ganas.

—Todavía no está azul.

—Falta mucho.

—Siempre nos pasa lo mismo. Llevamos todo el año observándola, y una mañana llegamos y la encontramos azul. ¿Vos creés que algún hada la toca con la varita? —dijo Cintia.

—No, yo no creo que sea brujería. Mi mamá dice que alguien la pinta de noche. Pero tenemos que entrar, Cintia, de lo contrario nunca vamos a saber qué se esconde allí dentro.

—La abuela dice que es magia.

Se miraban y se decían muchas cosas sin decírselas.

"Si él no hubiera invitado a la forastera."

"Si ella no hubiera dicho que sí a Pedro."

—Entremos, Cintia.

—Un auto, mirá, entra un auto.

—Escondámonos. Atrás de la bomba.

El coche se estacionó. Bajaron dos personas.

—La abuela me dijo que no viniera. No le hice caso.

—Tranquila —le dijo él y la abrazó.

Estaban los dos muy pegados. Él le vio un moretón y dijo:

—Cintia, ¿qué te pasó?

—Me caí.

—¿De la bici?

—Sí.

—¿Te puedo decir algo?

—Sí.

—¿Vendrías al baile conmigo?

Ella se quedó quieta apoyada en el hombro. Esperaba que los hombres del auto no se fueran nunca. O por lo menos que se quedaran un buen rato para que pudiera sentir muy cerquita a Bruno, que sólo la abrazaba en situaciones límites. A los dos les hacía cosquillas el estómago. La sensación era de un sube y baja en el estómago. El amor era tan parecido al miedo. Pero el miedo se iba cuando él la abrazaba. No hacía falta otra cosa para ser feliz. No hacía falta nada.

Los forasteros bajaron; llevaban un aparato que apoyaban por todas las superficies del patio, de la galería. Hablaban despacio entre ellos. Cintia y Bruno seguían quietos y escondidos. Inmóviles. Los señores vinieron al lado de la bomba.

—¿Está seguro que aquí hay un tesoro?

—Sí, señor —contestó el otro, que era nada menos que el intendente.

Los señores de negro se acercaron más hacia donde estaban los dos chicos. Cintia se puso a llorar en silencio. Las lágrimas bajaban como de un tobogán. Bruno agarró una piedra. Esperó. Luego la tiró hacia el techo haciendo un ruido infernal. El palomar desalojó a todos los pájaros hacia el cielo, provocando un estruendo.

—¿Qué es eso, jefe?

—No lo sé.

—Es cierto que esta casa está embrujada, mejor nos vamos.

—No diga pavadas —dijo el intendente—, debe ser el viento que hace ruidos.

El polvillo que levantaron los pájaros llegó a la nariz de Cintia, que no tardó en estornudar. Maldita alergia. Bruno le tapó la boca con la mano sucia de tierra. Siempre Bruno tenía las manos sucias y las uñas con tierra.

Los hombres siguieron dudando.

—Aquí hay alguien.

—Le dije, jefe, mejor vamos y volvemos mañana.

—Espere, antes voy a investigar.

Y se acercó a la bomba.

Cintia creyó que su corazón se le iba a salir por la boca. Bruno la tenía agarrada de los hombros y, agachados, giraban los dos alrededor de la bomba a medida que el intendente giraba.

Todo pasó muy lentamente, pero Cintia decidió no responderle lo del baile a Bruno hasta que él le hiciera la pregunta otra vez. Para algo había esperado tanto tiempo. Para algo le había dicho que sí al bruto de Pedro.

EL TESORO

En menos de un abrir y cerrar de ojos, en el pueblo empezó a correr una voz que decía que en la casita azul había un tesoro enterrado que dejaron sus habitantes. Nadie sabía más que eso. Ni siquiera se sabía quién se había enterado primero de esa versión. Cintia y Bruno, después del susto que se llevaron en la casita azul, prefirieron no opinar pero estaban decididos a seguir investigando. Todos estaban revolucionados en la estación y comentaban lo mismo en la carnicería, en la panadería y en la verdulería. Bruno, del susto y la intriga por lo que habían visto en la casita, no volvió a repetir su pregunta acerca de si Cintia iría con él al baile y ella esperaba que volviera a preguntarle.

Algunas versiones acerca de lo sucedido en los últimos tiempos hablaban de que quien quería comprar la casita azul era un falso comprador que había programado el intendente para quedarse con el tesoro. Otras interpretaciones explicaban que la casita azul venía a ser reclamada por un descendiente de don Manuel Iraola, su antiguo dueño, y que era él mismo quien la había puesto en venta.

Cintia no lograba dormir por las noches pensando en las versiones que hablaban de poner allí una fábrica. La desvelaba pensar que aquel sitio mágico fuera arrasado por topadoras para arar las tierras.

Aquel tranquilo lugar guardaba para ella innumerables eslabones de recuerdos. Bruno le había leído allí muchas poesías. Él también le pedía libros a don Simón, aunque con menor frecuencia, y los llevaba en el portaequipajes de la bicicleta para compartirlos con Cintia.

Me gusta cuando callas porque estás como
    ausente,
y me oyes desde lejos, y mi voz no te toca.
Parece que los ojos se te hubieran volado
y parece que un beso te cerrara la boca.

Él le había leído esos versos a Cintia y ella los recordaba todo el tiempo.

Como todas las cosas están llenas de mi alma
emerges de las cosas, llena del alma mía.
Mariposa de sueño, te pareces a mi alma,
y te pareces a la palabra melancolía.

En ese libro de poesías de Neruda había algunos versos marcados con rojo, como:

Para que tú me oigas
mis palabras
se adelgazan a veces
como las huellas de las gaviotas en la playa.

¿Don Simón habría marcado esos versos? ¿Para quién?

Cintia y Bruno compartían lecturas, pero sin que los demás varones del pueblo lo supieran. Es que los varones se cargan entre ellos si se descubren leyendo. A Bruno le gustaba leerle a Cintia y a Cintia le encantaba que él le leyera, pero nadie debía saberlo. Los varones del pueblo eran tan poco románticos y confundían las cosas.

Para Cintia la casa abandonada era una especie de refugio que le traía buenos recuerdos, más que nada historias de amor. Había algo que la ataba a ese lugar, había lazos, los lazos de las poesías, de la magia, del destino. Y tal vez algo más que ni ella podía comprender. Quizá la pasión que le transmitió la abuela Pina, quien también amaba ese lugar como nadie podía imaginarlo, le había entrado hasta las entrañas.

Cintia hizo a un lado los recuerdos y decidió averiguar si era verdad que existía un tesoro. Llevaba saliendo de su casa por la ventana varias veces y si su padre la descubría, todo terminaría para ella. Le contó a la abuela lo que habían oído detrás de la bomba. Pina no la retó pero sí le dijo que era peligroso seguir yendo a ese lugar. En realidad, siempre le decía lo mismo. Parecía un disco rayado. Si su padre se enteraba la castigaría. En verdad, siempre estaba castigada. Cintia estaba acostumbrada a los castigos, aunque uno nunca debería acostumbrarse a ellos.

—Cintia, prométeme que no volverás allá.

Cintia no decía nada.

Silencio.

—Cintia...

Cintia juró sin remedio.

Por las dudas, cruzó los dedos de los pies.

Para Cintia, tener esa casa de refugio, aunque nunca había entrado, era como un paraíso. Ella había sido una nena diferente a las demás. La ausencia de su madre la acercó a su abuela. Los enojos del padre la volvieron retraída. Ella se avergonzaba de su papá y no quería que en el pueblo supieran que él la maltrataba. Por ese motivo, cuando tenía moretones decía que se había caído de la bicicleta. Aunque en el pueblo todo se sabía tarde o temprano. Tenía mucha vergüenza dentro y pensaba que si contaba la verdad nadie la querría. Además, por una cuestión casi de secreto, ella no hablaba mal de su papá. Quería que él fuese distinto, eso sí, pero no contaba nada de lo que ocurría en su casa. No sabía cómo cambiar su situación. No sabía qué hacer para salir de esa vida. Algo le decía que estaba por pasar algo bueno relacionado con la casita azul. Pero mientras tanto debía soportar.

Los cuentos de la abuela Pina y los relatos de la radio ayudaban a Cintia a fabricarse historias. Y soñaba. Quería ser como Jo de *Mujercitas* y también añoraba la familia de Jo, aunque el padre de Jo estuviera en la guerra. Siempre era mejor tener un padre bueno aunque estuviera en una guerra, que uno malo todo el tiempo en la casa. Tal vez ella lo pensaba porque no le había tocado ese destino, pero más que nada deseaba haber tenido hermanas. Las historias de familias numerosas le encantaban. Por eso leía una y otra vez esas novelas. Y le daba rabia terminarlas porque mientras leía podía creer que estaba en otro mundo, pero cuando se terminaba el libro se le concluía la historia y tenía que empezar otra para poder sobrevivir.

Las historias de Ailín que contaba la voz de la radio también le gustaban, pero ella no sabía si eran verdaderas o inventadas.

¿Cómo no se le había ocurrido antes? Tenía que recurrir a la voz de la radio. Esa voz, casi mágica, como la de su abuela cuando le contaba sus historias, tenía que saber algo de todo lo acontecido, porque narraba acerca del pasado.

Ir a la librería de don Simón le provocaba una felicidad que le hacía pensar que él era como ella quería ser. Tener tantos libros era como tener un tesoro. Los tesoros siempre son deseables.

Domingo por la noche: todos en el pueblo escuchaban la radio porque les era más fácil escuchar que leer. Como los demás, Cintia se acostó en su cama y se preparó para escuchar el cuento.

LEYENDA 4

Ailín les contó a don Manuel y a Joaquín, cuando llegaron a la aldea, el origen de ese monte cercano a la laguna.

En la soledad de la llanura, la gente de la tribu de Ailín solía, además de pescar y matar animales para comer, buscar semillas dentro de los frutos de los árboles para desparramarlas, luego, por la llanura.

Por ese motivo, cuando Ailín llegó con su gente huyendo para que no los mataran, algunos hombres llevaban en sus bolsas unas semillas recogidas de sus antiguas tierras. Las bolsas contenían chauchas marrones que parecían castañuelas.

Las semillas eran de un árbol raro y se encontraban dentro de esas castañuelas divididas en dos partes, en dos valvas. El secreto era abrirlas, dejarlas libres y aguardar que el viento viniera por ellas para que levantara las semillas y las sembrara donde él quisiera.

Los árboles que nacieron después de que el viento

LA CASITA AZUL

diseminó lo que encontró en las valvas, fueron jacarandáes y formaron un monte. Crecieron pero no dieron flores, acaso, pensó muchas veces Ailín, porque aún no les había llegado el momento de florecer.

En principio, cada árbol permaneció uno junto a otro, con sus troncos torcidos, creciendo apresuradamente. Sus ramas pobladas de finas hojas se incrementaban y al mismo tiempo se erguían hacia el cielo. Casi todos los que observaban su crecimiento estaban seguros de que con el transcurso de los años esos árboles tenían que florecer, pero el tiempo pasaba y pasaba y las flores seguían ocultas.

Florecer no siempre es oportuno. A veces se tarda en florecer, en ocasiones no se florece nunca.

Pero Ailín estaba segura de que esos árboles no florecían porque no les había llegado la hora de hacerlo.

INTERÉS

Lunes por la mañana.

El padre de Cintia estaba revisando un plano cuando Cintia irrumpió en la cocina. María no estaba. Cintia lo miró desde la puerta. Se le mezclaba el sentimiento hacia ese hombre que le pegaba pero que igual era su padre. No sabía si preguntarle algo, si saludarlo, si encerrarse de nuevo en el cuarto. No sabía si ya podía salir por la puerta como la gente normal, o si debía seguir escapándose por la ventana. Tal vez era mejor hacerse invisible.

El padre no advirtió la presencia de su hija porque estaba concentrado en lo que tenía sobre la mesa, y Cintia apoyó la espalda en la pared y se dejó caer al piso. Quedó sentadita casi debajo de la mesa, jugando con el hule que colgaba y apenas si rozaba el piso. Escuchó que María cerraba el portillo y no le quedó otra que meterse totalmente debajo de la mesa. La mesa era muy grande. Ella quedó escondida bajo un extremo y su padre estaba en la otra punta; ella le veía los pies.

—Hola —dijo María.

Juan no le contestó. Cintia escuchó que María acomodaba algo en la mesa de la cocina.

—María, pronto seremos ricos —dijo Juan, y Cintia vio que los pies de María se acercaban a los pies de su padre. El corazón le explotaba. Mejor no pensar en si su padre la descubría debajo de la mesa. Pero no había llegado allí a propósito, fue la casualidad la que la había trasladado al insólito lugar.

María algo había escuchado acerca del tesoro. El día anterior había sido un hervidero de comentarios. De todos modos no dijo nada.

Juan dijo eufórico:

—Traeme más cerveza, dale. Mirá, aquí está el plano que me pasó Eduardo. Ya empezaron a hacer pozos en la tapera. ¿Quién hubiera dicho que allí había un tesoro? Hay que tener cuidado porque ahora todos quieren rondar la casa. El intendente dice que es patrimonio de la intendencia ese tesoro y me ofreció el 50 por ciento si le ayudo a encontrarlo. Y vos me vas a ayudar, María.

Cintia no sabía qué hacía María porque sólo veía sus pies que seguían al lado de los pies de su padre. Veía cómo el pie de María levantaba y bajaba el talón y alternaba el peso de su cuerpo en un pie y luego en otro. Los pies de su padre estaban firmes, uno al lado del otro. Cintia casi no respiraba. Su corazón padecía la carrera más maratónica de su vida.

—Hay que sacar ese tesoro antes que vengan los herederos de esa maldita casa.

Ahí Cintia creyó que se ahogaba. ¿Cómo saldría de allí? Empezó a desear que no la encontraran. Vio cómo los pies de María se acercaron a la heladera y luego de abrirla, sacar algo y cerrarla, volvieron hacia donde estaba su padre. Luego los pies de María fueron hasta el aparador y regresaron a la mesa. Por el ruido Cintia se dio cuenta que apoyó un solo vaso.

—Juan —dijo de golpe María mientras le servía la cerveza—, ¿estás seguro que el intendente compartirá ese tesoro?

El silencio en esos momentos podía ser peligroso. Cintia escuchó cómo el padre apoyó una mano en la mesa y escuchó.

—Pero, ¿cómo te atreves a dudar de mi amigo?

—Se dicen tantas cosas en el pueblo, Juan...

—¿Qué se dice? A ver... contame, ¿qué se dice?

Cintia vio que su padre se paró y se estrelló el vaso en el piso y se derramó la cerveza. Sería el fin. Si alguien se agachaba la descubrirían.

—Ni se te ocurra repetir lo que escuchas en el pueblo —le dijo Juan a María, ahora con los pies muy cerca de los de ella. Y pisando todos los vidrios se fue.

María se metió en la despensa para buscar una escoba y Cintia aprovechó para encerrarse en el cuarto. No podía creer que estaba a salvo. Le resultó terrible lo que había escuchado.

Pensó en su mamá. Volvió a pensar que tal vez su madre la había abandonado porque no aguantaba más a su papá. Pero en ese caso se la hubiera llevado a ella. Y no lo hizo.

AUSENCIA

Cintia pasó todo el resto del día en el cuarto. Pensó mucho en su mamá. Había cosas que no se le aclaraban. Pensó también en su padre, en su abuela, en el tesoro y otra vez en la abuela. No pudo leer. Si ella no podía leer era una situación muy grave.

Bruno le había hecho llegar una carta. La carta era una especie de resumen de lo que ya habían discutido el día anterior cuando estaban detrás de la bomba en la casita azul. Bruno le explicaba que nunca había invitado a la prima de Julián al baile y le rogaba que ella no fuera con Pedro. También le pedía que fueran juntos, que a él no le interesaba nada sin ella. Ella le contestó que aclarar ese tema le alegraba, ya que debido al incidente de la irrupción del auto no había podido contestarle. Pero no le puso que a ella tampoco le interesaba nada sin él, no era cuestión de provocarle tanta alegría.

Y se durmió pensando en Bruno. Pensó muchas cosas, revivió conversaciones. Esa noche fue feliz, a pesar de todo. Nadie podía empañar esa sensación que la invadió al comprobar que Bruno iría al baile con ella. No podía parar de pensar en él. Su cabeza era un cuadro viviente. Escuchaba su voz, tenía su perfume en su nariz y en el corazón, la carta que había leído quince veces la tenía muy apretada contra su pecho. Se propuso no soltarla en toda la noche porque, si se le caía, la podían descubrir.

EL BAILE

El tiempo que faltaba para el baile fue eterno para Cintia, aunque ya no estaba castigada. Su padre estaba concentrado especialmente en descubrir dónde estaba el tesoro y pasaba mucho tiempo con el intendente. Eso alivió a Cintia y a María también y, por ende, a la abuela. Por fin llegó el día. Sábado por la noche. La luna llegó al pueblo y Cintia decidió investigar por sus propios medios acerca de la suerte que había corrido Ailín. La noche del baile por fin había llegado y todo el pueblo antes de irse al club, mientras se vestía con sus mejores galas, se preparó para escuchar la narración que nunca se suspendía por nada del mundo.

LEYENDA 5

D on Manuel debió regresar por un tiempo a España junto a su hijo. Le pidió a Ailín que los acompañara, pero ella no quiso y decidió quedarse en la casa. Los días le resultaron interminables. Hacía muñecas de barro y de trapo para regalárselas a las nenas que venían a la laguna "El Carpincho". Joaquín le había enseñado a su amiga a escribir, y ella escribía y escribía en los ratos libres. Solía quedarse horas cerca de la laguna contemplando cómo las garzas se sumergían, y juntaba carrizos para adornar la casa.

Fue para esa época cuando Joaquín le empezó a escribir diciéndole que la extrañaba mucho. Ella también lo extrañaba y recordaba todos los momentos que habían compartido. Él le enviaba poesías y en una de esas cartas le confirmó un deseo que se transformó en una promesa: a su regreso se casarían. Le explicó a la nativa que la distancia le había hecho comprender que *algo más que una amistad los unía y que ya nada le interesaba si ella no estaba a su lado. Ella sentía lo mismo pero no pudo contestarle. No podía olvidar el juramento que les había hecho a sus padres. No podía fallarles a sus difuntos progenitores.*

Para una mujer de su estirpe la palabra era muy importante y así fue como se le presentó el dilema entre su deseo y el deber. Con nadie podía conversar esa contradicción y el problema se transformaba en un callejón sin salida, con ninguna solución a la vista.

Para ella era el fin de un cúmulo de sueños que, sin aquella promesa, hubieran quedado en su imaginación. Pero ante la concreción del sueño todo pasó a ser una tortura que terminaría en tragedia.

LA RADIO

Faltaban más de 45 minutos para las 10 de la noche: el club, a esa hora, abriría sus puertas a todo el pueblo. Desde la casa de Cintia se veía la laguna de la casita azul como un espejo en la noche fría. Bruno estaba en su casa vistiéndose para el gran acontecimiento.

Sacudida por lo que había escuchado, Cintia salió en la bicicleta con el vestido blanco y el moño de la cintura se le desató con el viento. El frío le cortaba la cara. Mientras pedaleaba sin sostener el manubrio, se abrochaba el abrigo, blanco también, que la abuela Pina le había tejido para la ocasión. Se dirigió a la radio. Descubriría, de una vez por todas, quién era esa voz y le preguntaría todo acerca de Ailín. El aire de la noche estaba helado. Justo cuando Cintia estaba por llegar, una mujer con un pañuelo en la cabeza y un sobretodo largo se disponía a cerrar la puerta de la radio.

–¡¡¡Eh!!! –gritó Cintia al verla–. No se vaya.

La persona salió corriendo. Cintia pedaleó más fuerte mientras gritaba:

–No se vaya...

La persona se agachó para agarrar algo en el piso. Cintia frenó la bici y se quedó dura. Se imaginó que la persona atentaría contra ella. Estaba tan acostumbrada a la agresión, que se puso alerta. El alumbrado de la calle era muy tenue. Cuando la persona siguió caminando, Cintia pedaleó hasta estar muy cerca de ella.

–Necesito saber de Ailín y la casita azul –le gritó casi alcanzándola. Y escuchó un ruido justo cuando la persona bajó de la vereda a la calle. Paró su bicicleta y buscó. Encontró una llave. ¿La tiró o se le había caído? Cuando levantó la vista, la persona ya no estaba. ¡La llave de la radio!

Después de probar mil veces si la llave era de la cerradura de la radio, Cintia entró en ese lugar temblando de frío y de miedo. Estaba oscuro. Era un cuartito más chico que un baño. Sólo una mesa y una silla que se alcanzaban a ver por el rayo de luna. Sobre la mesa había un cuaderno. ¿Serán las leyendas? ¿Por qué dejaría las leyendas allí? ¿Con qué se alumbraría para leer? Estaba todo tan quieto. Decidió preguntarse lo menos posible. Salió rápido, puso el cuaderno en la canasta y se subió a la bici. Como siempre llevaba libros en la canasta, nadie sospecharía que allí llevaría algún secreto. Mucho menos su padre. Comenzó a pedalear. Claro que, en vez de doblar hacia su casa y guardar el cuaderno, la bici siguió rumbo a la casita azul. En el camino encontró a Bruno.

–Cintia, ¿adónde vas? Tenemos que ir al baile para que nos vean y recién después nos escapamos.

–Está bien, pero a la medianoche vamos a la casita azul. Tengo que contarte algo muy importante que no puede esperar.

–Trato hecho.

Volvieron y fueron al baile.

En el baile estaba todo el pueblo. La abuela Pina tenía un vestido verde, don Simón un traje marrón, María un vestido de gala amarillo; por suerte, el papá de Cintia había preferido no ir. Él detestaba las fiestas. Todo el mundo sabía que iba con el intendente a jugar a las cartas. Detrás de la intendencia había una casa que antiguamente pertenecía a unos caseros. Todo el mundo sabía que allí jugaban al póker y al truco por plata. Allí mucha gente del pueblo había perdido su fortuna, su casa, sus mujeres. Quién sabe, pensó Cintia, estaría su padre tramando algo con el intendente para buscar ese tesoro. Le extrañaba que en los últimos días su padre casi no había estado en casa.

Cintia quería ser hija de su abuela. Nadie en el mundo la quería más que la abuela Pina. A su madre no la quería. Ni siquiera pretendía verla. No la perdonaba. Si al menos le hubiera dejado unas líneas. Por más que su vida hubiera sido un infierno al lado de su padre, si al menos se la hubiera llevado con ella. Cintia deseaba ser adoptada. Muchas veces pensó y pensó que el mejor remedio para sus penas habría sido que la abuela le contara alguna historia donde la protagonista fuera ella y que alguien le dijera que no era hija de sus padres, sino de otros que ella se encargaría de buscar.

Todo el pueblo, de fiesta, lucía sus mejores trajes. El salón abría sus puertas a la gente de Azul y otros pueblos vecinos.

A la medianoche todos bailaban en la pista del club mientras la orquesta hacía resonar sus cumbias. Cintia y Bruno charlaron en el salón para que todos los vieran. Bruno quería saber qué tenía Cintia para contarle, pero ella no podía hacerlo hasta que estuvieran solos. Más tarde salieron, disimuladamente, uno por detrás y el otro por delante del salón. Se encontraron en la calle detrás del club. Los dos tenían luces en la bicicleta. Nadie circulaba por ningún lado. Todos estaban en el baile.

—¿Estás preparada?

—¿Vos?

Tomaron el camino de tierra, cruzaron las vías y se dirigieron a la casita azul.

—¿Me contás ahora?

—Cuando lleguemos a la casita azul, porque es peligroso. Pero descubrí una cosa.

La noche se presentaba como el momento más emocionante de los últimos tiempos. Los bailes en el pueblo duraban hasta la mañana porque la esposa de don Darwin, el conserje del club, cuando el alba teñía de rosa el cielo, preparaba chocolate con churros para todos.

ENCUENTRO

Mientras iban pedaleando hasta la casita azul, Bruno, así de golpe, le dijo:

—Cintia, ¿me perdonás?

—¿Por qué?

—Por las veces que te hice enojar.

—¿No te gusta la prima de Julián?

—Es una presumida, como todas las mujeres. Julián me insistía para que la invitara y ella les decía a las chicas que yo la había invitado. Cintia...

—¿Qué?

—A mí me gusta estar con vos.

Cintia se puso colorada, pero entre el frío y la noche, Bruno no lo notó.

El silencio se prolongó hasta que llegaron a la casa. Escondieron las bicicletas. Caminaron despacio hacia la bomba. Los grillos entonaban sus habituales melodías, cada tanto el relincho de algún caballo los distraía un poco y a lo lejos se oía la música del baile. No tenían miedo pero los dos estaban pegaditos. Bruno pensó que ella nunca se había dado cuenta de que a él se le llenaban los ojos de emoción al verla, que le temblaban las manos cuando la abrazaba y que se moría por darle un beso. Cintia pensó que él nunca reparó en su respiración, que se le hacía más cortita cuando él le agarraba la mano, y que el estómago le subía y le bajaba cuando le hablaba cerquita.

La luna se veía redonda, redondísima. Esa noche no corrían peligro de ser descubiertos pero, eso sí, si al padre de Cintia se le ocurría mandar a alguien al baile para vigilarla, cosa que había hecho otras veces, se enteraría que no estaba y se armaría un gran lío.

—¿Y si tu mamá se da cuenta que no estás?

—Me va a pasar lo mismo que a vos.

Cintia no dijo nada, porque estaba segura que a Bruno jamás le iba a pasar lo que le pasaba a ella. Le daba vergüenza decir que le pegaban. Aunque muchas veces se enfrentó a sus amigos con la cara marcada y decía que se había caído de la bici, cualquiera que la hubiera visto alguna vez en la bici sin sostener el manubrio, no podía pensar que ella podía caerse.

—Antes que me cuentes quiero preguntarte algo: ¿querés ser mi novia? —dijo Bruno alumbrando el pasto con la linterna.

Ella no contestó. Quedó sin habla. Atrás el coro

de ranas y grillos entonaba otra melodía. Algún tero perdido en la noche invernal dejaba escapar sonidos desgarrantes. Los perros en el pueblo ladraban en conjunto.

—El tesoro —dijo Cintia.

—No me contestaste.

—Es que me da vergüenza.

—Entonces no digas nada. Si no te opones te voy a dar un beso.

Ella cerró los ojos. Él se le acercó despacio.

Estaban casi a un milímetro cuando un auto entró por el camino de tierra. En los últimos tiempos no era la primera vez que un auto los interrumpía. Se quedaron escondidos esperando que alguien descendiera. El primero que se bajó fue un señor vestido de chofer, forastero (en el pueblo no existían los choferes). Luego, para sorpresa de los dos, otro hombre que fumaba pipa bajó del lado derecho del auto y fue hacia la puerta izquierda y ayudó a descender a una mujer gorda, con un pañuelo en la cabeza y con un andar muy conocido. A Cintia le pareció que esa mujer le recordaba a alguien. El señor tenía un sombrero. Ella un sobretodo largo, como la persona de la radio. No se divisaban los colores, ni se veían los rostros. Los dos chicos, inmóviles, rezaban para que nadie descubriera las bicicletas.

El hombre condujo a la mujer hasta la entrada

justo al lado del aljibe, y el chofer empezó a cavar un pozo.

—Un momento —dijo el hombre—, ¿oíste ese ruido?

—No seas miedoso, querido, es el viento.

—Esas voces —a Cintia le resultaron muy conocidas pero no podía descifrarlas.

—Esa voz —dijo Bruno.

Los dos seguían de la mano.

Cintia empezó a tener un poco de miedo.

—Acá pasa algo raro.

—La mujer de la radio —dijo Cintia.

—¿Qué decís? Es don Simón.

—Pero no, ¿cómo va a ser don Simón? No tuve tiempo de contarte, Bruno. Lo que quería contarte, es la mujer de la radio.

—El hombre es don Simón.

En efecto, cuando prendió un fósforo para encender el tabaco, se le vio perfecto.

—Está buscando el tesoro.

—Y yo que creí que era honesto —dijo Cintia.

De repente el chofer acercó el auto e iluminó el lugar.

—¡¡¡Es la abuela Pina!!! No puede ser.

—¿Quién anda allí?

Cintia le contó a Bruno en pocas palabras lo que había sucedido en la radio.

—La mujer de la radio es...

Y el chofer salió con la linterna hasta que descubrió a los dos chicos que, avergonzados y sorprendidos, seguían tomados de la mano.

–¿Ustedes acá?

Era el fin.

DESCUBRIMIENTO

—Por favor, por favor, les podemos explicar.
Abuela, no nos retes, es que...

—¿Qué hacen acá?

—¡Don Simón! Cintia ya les va a explicar —dijo
Bruno.

—Siempre tan valiente, vos.

Los viejos quedaron enfrentados a los chicos, los
cuatro sorprendidos. Los cuatro trataron de explicar
con las miradas aquello que todavía no podía salir en
palabras.

Un largo silencio se les metió en el medio.
Cintia estaba llena de preguntas. Un silencio que
parecía interminable. Luego las dudas se enca-
denaron, como un tren lleno de vagones que pasa
lentamente y nunca se llega a divisar el último. Un
silencio casi hermético y con incertidumbre donde
no entraba una sola briznita de claridad. Pero como
todos los silencios, por más fuertes que sean, en

algún momento se rompen, éste finalmente se rompió.

—Ahora van a tener que prometer que sabrán guardar un secreto.

—Claro.

—Lo juramos.

La abuela miró a Cintia porque le había jurado no volver a la casita.

—Abue, lo juro por mamá.

—No hace falta, hija, no hace falta.

El cofre, que acababan de desenterrar, estaba ahí nomás. Cintia se acomodó para ver qué harían. Don Simón fumaba la pipa y la abuela daba órdenes.

—Ni una palabra a nadie de esto —les dijo don Simón a los chicos. Luego miró al chofer—: Llevá a los chicos al baile, todo tiene que seguir normal. Mañana hablamos.

—No, abuela, decile que nos deje un rato más. Por favor, no vamos a contar nada, por favor.

—Es que si se entera tu padre.

—Pina.

—¿Si?

—El cofre.

—¿Qué pasa con el cofre?

—Está azul.

Los dos viejos se quedaron quietos. Los dos chicos no entendían nada.

—Hagamos una cosa, llevemos el cofre a tu casa, Pina. Ahora hay que regresar.

Pedro era un chofer de la ciudad que la abuela había contratado. Los dos viejos, antes de subir al coche, se cambiaron el abrigo. Cargaron el arcón azul en el baúl del auto junto a las bicicletas. En las puertas del pueblo los chicos bajaron y volvieron al baile. Los dos querían estar solos y que nadie los molestara. Deseaban que llegara el alba para que el baile terminara. Cintia le contó a Bruno con detalles lo que había visto en la radio. Los interrogantes, parcialmente aclarados aunque nadie hablara de eso, acerca de la persona que desenterraba el tesoro (por lo tanto Pina, su abuela y la mujer de la radio), quedaron esclarecidos en algunos puntos pero inexplicables en otros. Todo resultaba muy misterioso.

—¿Y si vamos a la casa de la abuela Pina?

Tantas preguntas se les aparecían a los chicos que era imposible no estar inquietos.

—Nos van a retar, Cintia.

—Y ¿qué vamos a hacer acá?

—No sé. Pero ¿cómo la abuela nunca me contó nada?

—No puedo creerlo.

La noche estallaba en madrugada. El frío hacía que nadie transitara las calles. Cintia y Bruno no salían de su asombro. Los asombros son encantadores pero éste, en especial, había sido muy inesperado.

–Cintia...

–¿Qué?

–Creo que nos interrumpieron cuando te iba a dar un beso.

Pero Cintia no contestó. Se llevó las manos heladas hacia sus mejillas, abarrotadas al rojo vivo.

OTRA NOTICIA

El domingo por la mañana. El pueblo amaneció convulsionado por los hechos. El intendente, enfurecido, comprobó que la noche del baile alguien había estado cavando un pozo en la casita azul.

"Los malandrines retiraron el tesoro", fue la noticia. El comisario empezó la investigación. Cintia y Bruno, cada uno en su casa, aparentaban no saber nada de lo ocurrido.

–¿Sabés algo, mocosa, del tesoro? –gritaba el papá de Cintia–. Nos ganaron de mano –y alzaba la voz ronca de los enfurecidos.

Cintia se quedó en el rincón de los portarretratos con la cabeza entre las manos. No sabía si el padre le iba a pegar pero, por las dudas, se cubrió con las manos. Su padre enumeraba cosas que no tenían mucho que ver con lo que le había provocado el enojo, pero él se molestaba por algo y después, como si sacara enojos de una valija, encadenaba situaciones que lo habían enojado hacía mucho tiempo y las apilaba unas y otras en una torre de quejas.

A Cintia no le gustaba escuchar aquellas cosas que su padre decía. Y se tapaba los oídos disimuladamente para no irritar más a ese hombre enfurecido. Pero por más que se tapara los oídos, las palabras se filtraban. Las frases feas no respetan nada. Ellas se meten en cualquier lado.

—Yo no sé qué voy a hacer con vos, Cintia. Mejor que desaparezcas de mi vista por un rato. Y yo que le había prometido a mi amigo encontrar ese tesoro. Ahora va a matarme.

Cintia salió corriendo rumbo a la casa de la abuela Pina. Allí no había nadie. Fue hasta la casa de don Simón. En la puerta estaba Bruno.

—¡Hola!

—¿Lo pasaste bien anoche?

—¿Viste lo que se comenta?

—Tenemos que ser cautelosos. No digamos nada.

—La abuela Pina no está y don Simón tampoco. ¿Dónde se habrán metido? ¿Qué tenés ahí, Cintia?

—Es el cuaderno de leyendas.

—¿De dónde las sacaste?

—Estaba arriba de la mesa de la radio. Es la letra de mi abuela. Lo tuve todo el tiempo en el portaequipaje y lo saqué cuando guardaron las bicis en el baúl. ¿No te diste cuenta?

–No.

–La abuela sí se dio cuenta y no me dijo nada. ¿Vamos a leerlas?

–Pero acá hace frío, vamos a mi casa –dijo Bruno.

En la casa de Bruno tampoco había nadie. Era domingo, y aunque todos habían ido al baile la noche anterior, la excursión al cementerio no se suspendió por cansancio.

La mañana estaba fría. Los chicos tenían sueño.

–Un vaso de café con leche nos despabilará.

Era una mañana de invierno con mucha neblina. Casi no se divisaba la calle. La neblina, en una capa blanca, opaca y fría, cubría al pueblo de Azul como si quisiera protegerlo de algún raro acontecimiento.

–¿Oíste la leyenda anoche? –le preguntó Cintia a Bruno.

–Sí, la oí.

Y se pusieron a leer lo que tantas veces habían escuchado en la voz de la radio. Tenían la esperanza de encontrar explicaciones a lo que estaba pasando. Tal vez en las leyendas se escondía un secreto. Los secretos eran muy seductores para Cintia y Bruno, que ya tenían uno casi por develar. Y les quedaban algunos más por descubrir; pero para ésos había que transitar un camino, un largo camino hacia un destino común.

LEYENDA 6

Un buen día, después de muchas cartas de amor y ante la falta de respuesta por parte de Ailín, Joaquín mandó a buscarla con un señor que iba y venía de Europa a estas tierras, llevando y trayendo gente. La bella nativa se negó. No podía defraudar a sus padres, y el hombre regresó a la tierra de Joaquín con el mensaje. Dicen que el pobre muchachito murió de amor.

Ante semejante desgracia, don Manuel le escribió a Ailín contándole lo ocurrido. Le narró minuciosamente la muerte de su hijo y como era escritor, lo hizo tan bien, expresando de tal manera tanto dolor, que ella, antes de terminar de leer la carta, murió también.

En la aldea, dijeron que la carta que le llegó a Ailín estaba envenenada porque durante la lectura ella se quedó inmóvil y así la encontraron, sin vida. Tal vez por eso nadie se atrevió a sacársela de las manos y la enterraron así, con el papel entre sus manos.

La tragedia ocurrió un 27 de noviembre. Ese día, al anochecer, fue el entierro. En la madrugada del 28 el monte entero floreció, por primera vez, de azul. El 28 de noviembre la casa, la misma casa blanca que don Manuel había hecho construir años atrás, también amaneció vestida de azul.

Para todos los habitantes fue una sorpresa ver cómo, de la noche a la mañana, la casa se tiñó de ese color. Todos decían que el azul era el color de los enamorados y que en símbolo de aquel romance roto por la separación, las paredes se adueñaron del amor que ellos no habían podido expresar.

El azul se comenzó a adueñar de los objetos, de las flores, de todo cuanto allí existía. Por las ventanas de la casa se veían cortinas azules, costureros azules, mesitas azules y lámparas azules.

A la mañana siguiente ya nadie hablaba de otra cosa en la aldea. Pero ocurrió algo muy significativo: la casa, así como amaneció azul, al día siguiente ya no estaba azul. Pasaron los días y nadie hablaba de otra cosa, pasaron los meses y nadie hablaba de otra cosa. Pasaron los años y nadie podía hablar de otra cosa.

Tiempo después don Manuel regresó, triste y solo, con un recuerdo amargo bajo el brazo. Juntó todo lo que escribió Ailín y lo que había escrito Joaquín, y lo guardó atado con una cinta azul. Nadie supo jamás dónde lo escondió.

La aldea dejó de ser una aldea y desde ese raro suce-so empezó a ser llamada "el pueblo de Azul".

Y desde esa vez, todos los 28 de noviembre la casa se tiñe de ese color. Y cada día posterior al 28 de noviembre, la casa vuelve a su blanco original.

A partir de entonces la llaman "la casita azul".

UN GRAN ALMUERZO

Quedaron sin habla.

—Sigamos leyendo —dijo Cintia.

—Tu abuela, Cintia, tu abuela —gritó Bruno desde la ventana.

Los chicos salieron en bici y alcanzaron a la abuela que venía con un trajecito negro, con cartera y todo.

—Abue, ¿adónde vas?

—Vengan a almorzar hoy a casa que les contaré. No es justo que tengan que esperar tanto para saber la verdad, pero ahora estoy muy apurada. Aunque imagino que dos niños inteligentes algunas cosas ya descubrieron.

—Abuela, ¿no vas a adelantarnos nada? No es justo. Estamos muertos de intriga.

—Nos vemos al mediodía. Cintia, no vuelvas a tu casa y procurá que tu papá no te vea.

—Está furioso.

–Por eso mismo. Quedate con Bruno.

El mediodía no llegaba nunca.

Mil ideas les pasaban por la mente a Cintia y a Bruno, que deseaban saber qué había hecho la abuela con el arcón. ¿Por qué lo tenía ella? ¿Cómo sabía dónde estaba el tesoro? ¿Qué había allí adentro? ¿Cómo haría Cintia para volver a su casa? Porque algún día tendría que volver, ¿o no? ¿La abuela habría desplegado el plan?

El pueblo estaba lleno de patrulleros. El intendente iba y venía de la casita azul. El comisario hablaba con megáfono.

–Si los meten presos a la abuela y a don Simón estamos perdidos.

–Y si nos preguntan a nosotros, ¿qué decimos?

–Nada, no sabemos nada.

Con todo el barullo, Bruno llevaba bastante tiempo sin matar pajaritos. Cintia tenía miedo que en cualquier momento asesinara a alguno. Pero descubrió que ni siquiera tenía la gomera colgada en el cuello.

Justo cuando el sol se clavó en el medio del cielo, casi al mismo tiempo que los dos chicos estacionaron las bicis en la vereda de la casa de la abuela Pina, ella llegaba con don Simón.

Bruno y Cintia se miraron. Estaban tan cerca del secreto como del almuerzo. Entraron a la casa de la abuela.

Pina, como siempre, hizo la misma ceremonia. Se puso un delantal, avivó el fuego de la cocina de leños. Calentó en una olla el tuco, en otra puso el agua para los fideos. Coló los fideos y les puso algo que sacó de un frasco azul. Luego les pidió a los tres que cerraran los ojos.

—¡Fideos azules! —gritó Bruno.

—¿Se pueden comer? —preguntó el librero.

Cintia, que era experta en comer fideos azules, le guiñó un ojo a su abuela.

Y comieron. Hasta mojaron el pan en el tuquito.

—Creo que les debemos una explicación.

Hace muchos años llegué a este pueblo y la única persona conocida para mí se llamaba Aníbal, un hombre que dejó su tierra para buscar un futuro y esperó por mí. Cuando mi querido Aníbal se murió, ya viuda con mi niña pequeña, entre el dolor y la desesperanza, hablé de mi tormento con un señor viejito de ochenta y cuatro años que se llamaba Manuel. Había llegado también desde España, pero mucho antes, y era muy amigo del jefe de la estación del ferrocarril.

Manuel fue como un abuelo para mí durante mucho tiempo. A él se le había muerto un hijo varón y una joven nativa que había adoptado de grande. Me contaba la historia de ellos para consolarme. De su hijo Joaquín y de Ailín, una historia de amor frustrado. Fue así como empecé a frecuentar la casa del señor Iraola, que para esa época ya despertaba los más variados comentarios.

Tenía yo treinta y tres años cuando conocí a otro señor, dos años más grande que yo, que era jardinero de don Manuel y que con esfuerzo empezaba a darle forma a una librería cerca de la estación de ferrocarril. Ese señor se llamaba Simón. Fumaba en pipa y solíamos ir a la casa de don Manuel, a leer por las tardes al lado del fuego. Pero Simón estaba comprometido con una mujer del pueblo.

Así nació una amistad que duró varios años; sólo se rompió cuando don Manuel, cansado, triste y solo, regresó definitivamente a su país.

Don Manuel quería visitar la tumba de su hijo. No podía vivir con el dolor que le producía la muerte de su ser más querido. Yo sé lo que significa la ausencia de un hijo, y ahora comprendo su dolor. Con la diferencia de que si la ausencia es por una muerte, el dolor nunca se va.

Cuando don Manuel se volvió a ir ya por segunda vez y en forma definitiva, como les conté, dejó los cuadernos y las poesías que escribió Joaquín, algunas novelas de amor, aquellas que los dos habían leído juntos. Simón y yo nos encontrábamos por las tardes a leer aquello que don Manuel quería que leyéramos, y todo el pueblo empezó a hablar de nosotros.

Una joven viuda, un señor que tenía una prometida, se juntaban en la casa de don Manuel... se veía muy mal. Fue entonces que recibimos noticias de la muerte de don Manuel. Y un 14 de febrero, el día de San Valentín, decidimos con Simón guardar en un baúl ese tesoro con las cartas de amor que don Manuel tenía en el sótano y cerrar así la casa y esa amistad para siempre.

Antes de morir don Manuel había redactado su testamento. Nos dejó la casa pero para heredarla, don Manuel puso una cláusula que no pudimos cumplir. Simón se casaba en pocos días y yo tenía que cuidar a mi pequeña Lilí; no podíamos vernos más. Así fue como decidimos enterrar los recuerdos, para proteger a Ailín y a Joaquín, como don Manuel hubiera deseado.

Nadie supo que enterramos ese tesoro. Al día siguiente de esa ceremonia que nos entristeció mucho, decidimos olvidar.

Todos los años, para el 28 de noviembre

la casa se pone azul y al día siguiente vuelve a su color habitual; eso lo saben. Lo que no saben, pero seguro sospecharon, es que cuando Ruverino llegó al pueblo fabricó un paseo turístico e inventó la fiesta del Jacarandá. Nunca pudimos hacer nada para impedirlo.

Don Manuel nos había contado tantas veces la historia de Ailín y Joaquín, que nosotros comprendimos ese amor como algo que nos hubiera gustado vivir. Por eso jamás aprobamos la idea del intendente de lucrar con esa historia, pero no supimos qué hacer.

Los años pasaron. Ya no volvimos a hablar del tema ni volvimos a la casa.

Los únicos que sabíamos el secreto del tesoro fuimos nosotros, y nunca se habló de dinero. El tiempo habrá dejado escapar algún comentario y se divulgaron versiones que el viento deformó.

Sólo cuando Simón enviudó, casi veinte años después, una tarde nos encontramos los dos en la casita azul, de casualidad. Allí, ante la bronca que nos daba el descaro de Ruverino, decidimos que si se tornaba peligrosa la situación desenterraríamos el cofre. Y bueno, pasaron siete años desde esa promesa y lo desenterramos cuando ustedes nos vieron. Lo demás es conjetura.

Los cuatro tenían sobre la mesa cartas, libros y poesías que habían sacado del arcón, el cual en una época no había sido azul. Lo único que no era romántico era el olor a humedad que salía de allí.

—Este cuaderno que escribió Ailín es para vos, Cintia.

—¿Para mí?

—Sé que lo vas a cuidar. Y estas recetas son para vos, Bruno, a Joaquín le gustaba cazar pajaritos también.

—Abuela...

—¡Shh! No se aceptan protestas —dijo don Simón.

—¿Qué va a pasar con la casa?

—Eso les quería contar —dijo la abuela—. Pero antes, si lo desean, pueden leer algunas de estas cosas que se conservaron bien gracias a los envoltorios que les hicimos con Simón.

Para A de J

Para hacer una pradera,
toma un trébol y una abeja,
y un sueño.
El sueño solo bastará
si te faltaran abejas.

Emily Dickinson

MÁS DEL ARCÓN

—Estos libros leían Ailín y Joaquín.
—Yo quiero ése...
—Ése es para mí...
—Ahora, vamos a hacer un reparto democrático —dijo la abuela y puso en un lado *Don Quijote* y en otro *Las mil y una noches*. Donde puso el *Quijote* agregó otros que Cintia no pudo ver.
—¿Pueden ser los libros todos para mí?
—Cintia, qué poca generosidad.

Para Joaquín

PERDICES ATADAS
Se atan seis perdices con hilo bien fuerte.
Se doran dos cebollas en aceite caliente.
Se cortan dos zanahorias, dos apios.
Se agregan dos ajos y el vinagre.

LIEBRE ADOBADA
Poner una liebre abajo de la canilla para
    dejarla bien blanca.
Poner laurel, caldo y grasa de cerdo.
Adobarla dos días y asarla.

11 de abril de 1955
Queridos Pina y Simón:
    Espero que cuando reciban estas líneas, la
vejez no me haya matado. Queridos amigos, he
escrito de mi puño y letra mi testamento y como
no poseo herederos deseo que la casa sea de us-
tedes, que me han sabido demostrar que la vida
tiene sentido.
    Si hubiera herederos forzosos, los desheredo.
Nombro a un albacea para que haga cumplir
mi testamento.
    No me juzguen por mi atrevimiento, pero
sólo quiero que esa casa sea de ustedes dos y para
eso deberán cumplir con mi deseo, un deseo de
un viejo de noventa y cuatro años que jamás los
volverá a ver. Os quiero ver juntos para siempre.
                                    Manuel Iraola

PREGUNTAS

Domingo por la tarde.

—Abue, pero ¿puedo preguntar por... ustedes dos?

—Es una historia muy larga.

—Niños —dijo don Simón—, hay cosas que van a saber con el tiempo.

—Tengo que preguntar otra cosa —dijo Cintia.

Ni Cintia ni Bruno sabían qué preguntar primero, pero era importante saber acerca de la mujer de la radio.

—El albacea que nombró don Manuel, como es de suponer, murió; pero su hijo es quien se mantuvo en contacto con nosotros. Mañana todo se resolverá. Cintia, no vayas a tu casa.

—Si no voy mi papá vendrá a buscarme, abue.

La noche los sorprendió en la casa de la abuela Pina, pero la abuela ya no estaba. Tampoco don Simón.

Cintia no sabía qué hacer, si quedarse allí, si volver a su casa, si escaparse...

La radio dejó salir su mágica voz, como si nada hubiera pasado.

LEYENDA 7

Cuentan los que saben, que en un pueblo fundado por aborígenes, un señor que vino de España fue testigo de un gran amor. Ese hombre presenció primero un amor que no pudo darse porque el destino lo truncó. Luego vio en otros seres ese amor que tampoco prosperó.

A ambos amores la poesía los unió. Por eso el señor, que vio en los amores truncos la desdicha, quiso que su casa soñada fuera testigo de amores verdaderos.

Dicen que alrededor de la laguna de esa casa, una hilera de sauces se inclinaron de tristeza en aquellos tiempos y por eso todos, cuando hablan de esos árboles, los llaman "sauces llorones".

El tiempo se encargó de saldar deudas al juntar tardíamente a unas almas gemelas que no pudieron unirse en la juventud. Y el tiempo también se encargó de liberar al pueblo de sus malhechores.

El pueblo de Azul celebró la caída del hombre que

lucró con la imagen más linda de la región, que inventó herederos y vendedores para quedarse con todo el dinero y con la casa.

La pareja de enamorados pudo derrotar la ambición de los cegados por lo material. Y así la aldea de Azul recuperó la magia y la honestidad, aunque perdió una de sus mayores atracciones dominicales.

El tren dejó de pasar porque ya nadie quería venir a ver la casita azul debido a que el secreto se había develado. Nadie llegaba en el tren porque no había gente vendiendo historias, y así fue como Azul se quedó sin tren; así también fue como la tranquilidad empezó a reinar.

Azul era un pueblo olvidado, pero ahora una gran meta lo esperaba: por primera vez se podía elegir a quien lo gobernara.

Las esperanzas volvieron al pueblo.

El amor volvió a la casita azul, porque el amor no muere: pervive y los enamorados esperan. Y un día, después de muchos años, dos enamorados enfrentaron al mundo entero y, por fin, la casita azul tuvo su final feliz. O su comienzo feliz.

—Es la abuela —le dijo Cintia a Bruno—. Y no tiene el cuaderno porque lo tengo yo. Está inventando y a la vez predijo el futuro de Azul. Mejor no pienso en más posibilidades y espero. ¡Fue agotador!

—No vayas a dormir a tu casa, quedate acá en lo de tu abuela. Me tengo que ir.

—No puedo hacer eso, Bruno, y lo sabés.

—Entonces, te acompaño.

Cuando Cintia volvió a su casa después de un día agotador, su padre estaba esperándola.

Ella se bajó de la bici. Bruno la acompañó. El papá de Cintia estaba enojado. Era muy tarde.

—Chau, Bruno, nos vemos.

—¿Estás segura, Cintia, que querés que me vaya? Cintia no contestó.

—Te dije que no te fueras de acá, mocosa. ¿Dónde estabas? —dijo el padre de Cintia.

Bruno se quedó en la bicicleta.

—Y vos, andate a tu casa.

Cintia fue metida dentro de la casa a empujones. Bruno se fue preocupado. ¿Debería avisarle a la abuela Pina? Pensó. Luego salió más rápido que el viento.

El padre de Cintia se sacó el cinturón, lo agarró de la parte de la hebilla y le dio tres vueltas. Cintia corrió hasta el rincón de los portarretratos. El padre la siguió. Ella trató de esquivarlo, hasta un punto en que notó que ya no podía evadirse. Se agachó, se agarró la cabeza, juntó sus dedos y los entrelazó. Se tapó los oídos con los antebrazos y con los codos a la altura de los ojos se cubrió la cara. Se hizo un ovillo. Y rogó que no llegaran los golpes.

Las lágrimas le salían como cataratas y llorando rogaba:

—No me pegues más, papito querido, no me pegues más.

Bruno siguió sus instintos y fue a contarle a la abuela lo que estaba sucediendo.

La abuela llegó con la policía cuando Cintia gritaba.

—¡¡¡Quiero ver a mi mamá!!!

La abuela la abrazó mucho, muy fuerte, y no paraba de darle besos. Y cuando Cintia pudo escucharla le aseguró:

—Entre las dos vamos a buscar a tu mamá.

Y la abuela la abrazó. Las dos sabían que los abrazos curan a las personas que fueron maltratadas. Y eso era muy importante que Cintia lo supiera. De ahora en adelante, si alguna vez estos recuerdos horribles volvían a su mente, urgente debía pedir un abrazo. Pero no cualquier abrazo. Un abrazo de alguien que la quisiera mucho.

La abuela empacó algunas cosas de Cintia y se llevó a su nieta a su casa.

TIEMPO DESPUÉS

La justicia por fin había llegado al pueblo. María aceptó ser testigo de todas las atrocidades que había vivido Cintia y la abuela consiguió la tenencia.

El hijo del abogado de don Manuel comprobó que don Eduardo Ruverino no tenía ningún permiso para utilizar ese espacio como centro turístico, y con gente que atestiguó lograron ponerlo preso por abuso de autoridad. La gente se animó a contar todo y denunciar a los malhechores. El padre de Cintia también fue apresado porque estaba muy ligado a Ruverino. Su situación estaba complicada no sólo por sus lazos con el intendente, sino por la violencia contra su propia hija. Otra gente también terminó en la prisión. Por suerte, en la cárcel de la ciudad y no en la del pueblo.

A partir de entonces, la fiesta del Jacarandá ya no

se hizo como el intendente la había hecho. Se terminaron las excursiones a la casita azul con el fin que les había dado el intendente. También finalizaron las excursiones al cementerio.

La mañana del 27 de noviembre, todo el pueblo de Azul estaba llegando a la casita que aún no estaba azul. El motivo era valioso. Cintia y la abuela Pina estaban en la puerta. Don Simón y Bruno recibían a la gente en el portillo. Los globos azules le hacían honor al día desde todas las ventanas. La banda del pueblo y la suave lluvia de aroma que despedían las flores de los jacarandáes les besaban las caras a los azulinos, que después de tanto tiempo respiraban ese aire.

Habían refaccionado la casita azul, que pintaron de blanco. Después de tanto tiempo pudieron elegir un nuevo intendente: había tres posibles candidatos que realizaron su campaña en cuatro meses y ganó un señor entrado en años que don Simón conocía muy bien.

Don Eduardo Ruverino, su mujer y sus secuaces, seguirían presos por muchos años.

–De ahora en más, la casita, que ya no está abandonada –dijo la abuela al público–, va a ser la biblioteca, la radio y el archivo del pueblo. Por eso, este festejo. Con los libros que había en la casa, los míos, los de Cintia, los de Bruno y los de Simón, puede llegar a ser una de las mayores atracciones para la comunidad. Y eso merece un festejo. ¡Fideos azules y jugo de mandarina para todos!

Aunque Azul dejara de ser un centro turístico, tener la historia de la aldea en un espacio al lado de la laguna era muy importante para los habitantes.

Simón y Pina, casados, hacían oídos sordos a las viejas charlatanas del pueblo. Don Simón ya no necesitó compartir la librería con la mercería de Clarita y le alquiló todo el local. En la entrada de la casita pusieron una placa donde decía:

Centro de Cultura de Azul
Don Manuel Iraola

Cintia ayudó a transplantar el jazmín de su abuela y en un cuarto de la casa pusieron muchas cosas que habían sido de Ailín. Dicen que los sauces llorones que había alrededor de la laguna se levantaron un poquito, para estar más a tono con los jacarandáes.

—Abuela, cuando don Manuel mandó la carta ¿ya don Simón estaba casado?

—Cintia, quiero que sepas que don Manuel creía en los amores reales; no aceptaba que la gente se separara queriéndose y no entendió nunca cómo Joaquín y Ailín no concretaron su amor. Tampoco entendía el nuestro. Pero Simón había dado su palabra a su prometida y se casó con ella. Y yo jamás, pero jamás, hubiera aceptado que él rompiera su compromiso por mí. ¿Entendés?

—Ay, bueno, pero no te enojes. Hay tantos secretos que pensé que ustedes habían sido siempre novios.

LA NOCHE MÁS LINDA
DEL MUNDO

Después del festejo todo el pueblo se fue a dormir. La noche del 27 de noviembre era importante para los dos chicos. Habían planeado quedarse despiertos hasta la madrugada para ver si aun con todo lo que había pasado, la casa seguía poniéndose azul. Se decía que ya no se iba a poner más azul, porque era muy posible –aseguraban por ahí– que el intendente, durante los años de su largo mandato, la pintara o la hiciera pintar aprovechando que la gente, las madrugadas del 28 de noviembre, estaba agotada por el baile y quedaba rendida, y por lo tanto nadie pisaba la casita hasta la mañana.

A las cuatro de la mañana, con permiso de la abuela, Cintia fue con la linterna a la piedra de la laguna "El Carpincho". Las estrellas venían todas hacia el pueblo, la luna también se acercaba y el rocío, envuelto en un aire primaveral, se levantaba.

Estaba conforme con lo que había resuelto su

abuela. Le iba a encantar vivir allí, en esa casa que había sido tan importante en su vida. Pero pensó que ella nunca podría llegar a ser completamente feliz. Extrañaba a su mamá y a su papá también; después de todo ella los quería. Cintia estaba contenta con el amor de su abuela, de don Simón y Bruno. Pina le contó muchas veces a su nieta que Bruno advirtió lo que estaba por hacer su padre, aquella fea noche. A ella le daba vergüenza que Bruno supiera que había sido una nena golpeada. Le costó entender que no era culpa de ella que su padre la golpeara. Además, en el pueblo todo se sabía y eso la atormentaba. Pero estaba orgullosa de que Bruno la hubiera salvado. Y estaba orgullosa del plan de su abuela que la había liberado de esa otra vida tan fea. ¿O alguien podía dudar que su abuela le había tendido una trampa al padre de Cintia y al intendente? La radio, los comentarios, el tesoro... ¿quién fue el responsable de largar los chismes?

Cintia estaba acostada en la piedra haciendo dibujos en el cielo con la linterna. De pronto, un ruido a palomas volando hizo que advirtiera una presencia.

Alguien caminó hacia la laguna.

–Hola.

–Hola.

–Cintia, ¿puedo acompañarte?

–Claro.

Él había llegado sin asustarla.

—Te quiero mucho —le dijo Bruno acariciándole la mejilla.

Cintia sintió que la inquietud del cuerpo se le transformaba en hormigueo.

Y ya no hubo más interrupciones. Bajo la noche más importante del pueblo desde hacía mucho tiempo, Bruno le tomó la cara con las dos manos y se acercó sin titubeos.

—¿Sabés? —dijo Cintia.

—No, no digas nada —le contestó Bruno—, no hace falta. —Y le dio un beso.

Se quedaron en silencio mientras una suave brisa les bañaba la cara.

Cinco minutos más tarde...

—Bruno, yo necesito contarte algunas cosas.

—Cuando quieras, Cintia, pero nada, nada empañará nuestro pacto. Desde hoy estaremos siempre juntos, ¿querés?

Y le dio otro beso.

Mientras tanto la casita, muy lentamente, se iba poniendo azul...

GLOSARIO

alibe – depósito subterráneo para recoger y conservar agua de lluvia.

calandria – pájaro insectívoro de la familia de la alondra, de color gris y canto melodioso. Habita la llanura argentina.

carpincho – anfibio roedor originario de América del Sur. Vive a orillas de los ríos y se alimenta de peces; se utiliza su piel.

chauchas – en Argentina, porotos verdes; en México, ejotes.

curtiembre – curtiduría; lugar donde se curten las pieles.

guardapolvo – uniforme de delantal blanco que usan los niños sobre su ropa para la escuela.

higuerilla – planta común en las Américas; de su semilla se saca el aceite de ricino.

honda – instrumento para arrojar piedras.

hornalla – hornilla; fogón para calentar los alimentos

huincas – denominación que los aborígenes dan a los hombres blancos.

jacarandá – árbol que llega a medir 20 metros de altura. Tiene hermosas flores azul violáceas que aparecen en noviembre, durante la primavera argentina.

ligustrinas – plantas de hojas muy pequeñas con flores chicas y blancas.

locros – guisado de carne con maíz pisado.

mate – vasija dentro de la cual se prepara una infusión a base de yerba mate y agua caliente que se toma mediante una bombilla.

ombú – árbol de gran tamaño que crece en las regiones llanas. Da una sombra espesa.

palo borracho – árbol que en el otoño tiene una floración rosa.

pava – recipiente para calentar agua similar a una tetera.

sulkies – carros tirados por caballos que se usan en el campo como medio de transporte.

teros – aves zancudas de plumaje negro en el lomo y pardo en el vientre, cuyo grito característico es "teruteru".

toldería – campamento formado por aborígenes cuyas viviendas, o toldos, consisten en una estructura cubierta de lona o de piel.